I0686295

8º Yth
8147

GUERRE OUVERTE,

OU

RUSE CONTRE RUSE,

COMÉDIE

EN TROIS ACTES ET EN PROSE,

PAR A. J. DUMANIANT.

Représentée, pour la première fois, à Paris, sur le théâtre du Palais-royal, le 4 Octobre 1786.

Édition corrigée par l'Auteur, et conforme à la représentation.

A PARIS,

Chez BRUNET, Libraire, rue Marivaux, près de la comédie Italienne.

M. DCC. LXXXVII.

Y Th
8147

PERSONNAGES.

LE BARON DE STANVILLE, *vieux militaire.*

LUCILE, *nièce du baron.*

NANCI, *gouvernante du baron.*

L'OLIVE, *valet du baron.*

LISETTE, *fille-de-chambre de Lucile.*

L'INGAMBE, *soldat invalide, demeurant chez le baron.*

FRANÇOIS, *portier du baron, sourd et bègue.*

LE MARQUIS DE DORSAN, *amoureux de Lucile.*

FRONTIN, *valet du marquis.*

La scène est à Marseille.

DÉCORATIONS.

Au premier acte, une place publique. *A la troisième coulisse, à droite des spectateurs,* la maison du baron. *En face, un peu plus haut,* celle du marquis.

Au second acte, un sallon. *A droite des spectateurs, au quatrième chassis,* un cabinet, dans lequel entre le marquis. *A gauche, aussi au quatrième chassis,* un autre cabinet, où il se sauve quand l'Olive se fait entendre.

Au troisième acte, un jardin, forme de carré long, représentant des murs avec un treillage. Au fond, une grille. Deux pavillons parallèles sur le devant. Plus haut que les pavillons, il y a deux petits berceaux de charmille. Il fait nuit. Devant le Pavillon, *à gauche des spectateurs,* deux chaises de jardin.

Les acteurs sont placés au théâtre, comme ils le sont en titre de chaque scène.

GUERRE OUVERTE,

OU

RUSE CONTRE RUSE,

COMÉDIE.

ACTE PREMIER.

SCÈNE I.

LE MARQUIS, FRONTIN.

LE MARQUIS.

Nous voici tout prêt de mon hôtel Tu arrives ?

FRONTIN.

A l'instant, monsieur le marquis. Vous m'avez rencontré, comme je descendais de la diligence de Paris. J'allais m'informer dans quel quartier de Marseille est votre hôtel, lorsque vous avez paru. Cette ville-ci me paraît superbe, et l'on peut bien ne pas y regretter la capitale.

LE MARQUIS.

Je t'en réponds. Le commerce y fleurit, l'aisance qu'il y répand, un ciel toujours pur, l'air de gaîté qu'on voit sur tous les visages, tout contribue à en rendre le séjour charmant. Au reste, c'est ma patrie; il est naturel que je m'y plaise, et mon dessein est de m'y fixer pour toujours.

FRONTIN.

Ah! ah! voilà un dessein bien prompt. Vous venez ici pour hériter d'un oncle milionnaire, que vous n'aviez pas vu depuis l'âge de douze ans, que vous quittâtes cette ville. Votre projet, si je m'en souviens bien, était de recueillir l'héritage le plus promptement possible, et de retourner bien vite à Paris, pour y jouir de vos richesses. « Mon cher Frontin (me disiez-vous, encore une heure

A 2

» avant le départ), je suis bien malheureux que ma présence soit
» nécessaire à Marseille. Que je vais m'ennuyer dans ce triste séjour!
» Peut-être serai-je obligé d'y végéter un grand mois! Un mois
» hors de Paris! Ah! quand on a connu les charmes de ce pays
» enchanteur, peut-on exister autre part. »

LE MARQUIS.

Frontin, tout est changé.

FRONTIN.

Ah! monsieur! que dira-t-on de vous là-bas, lorsqu'on apprendra
cette résolution?

LE MARQUIS.

Peu m'importe.

FRONTIN.

Au fond, j'en suis enchanté. Vous savez combien je soupirais après
ce voyage; et si j'en eusse été cru, vous seriez venu ici avant l'expi-
ration du deuil.

LE MARQUIS.

Je suis ravi que ce pays te plaise; j'aurais été fâché que l'ennui
t'y eût pris, et que tu m'eusses quitté.

FRONTIN.

Moi, vous quitter! Ah! monsieur! quand on a un bon maître, on
le suivrait au bout du monde, et l'on se plaît par tout avec lui.

LE MARQUIS.

Je te loue de ces sentimens.

FRONTIN.

Mais, monsieur, ce n'est pas, comme vous, un goût du moment,
un caprice de rien, le plaisir du changement, qui me faisaient
desirer ce voyage. Apprenez que j'y étais appelé par l'amour le
plus vif, le plus délicat, le plus honnête. Apprenez que celle que
j'adore y respire; que trois ans se sont écoulés depuis que je n'ai
contemplé le minois de mon incomparable Lisette, et que je brûle,
enfin, de lui rapporter un cœur que n'ont pu effleurer seulement les
Finettes et les Martons de la capitale.

LE MARQUIS.

Hé bien, Frontin, nous sommes tous les deux à-peu-près dans
le même cas.

FRONTIN.

Vous êtes amoureux? J'aurais dû le deviner. Allons, monsieur, je
prévois que j'aurai de l'occupation dans ce pays-ci comme ailleurs.
Pourvu encore que vous n'en aimiez qu'une à la fois, où, que si le
diable vous tente de partager votre hommage, vous soyez épris de

deux voisines, et que vous n'alliez pas faire comme à Paris, où vous aviez la rage de les choisir bien éloignées l'une de l'autre. Eh! qui souffrait de tout cela? c'était le pauvre Frontin. Propositions, accords, ruptures, raccommodemens, tout se faisait par moi. J'étais un ambassadeur universel. Encore si j'avais eu les ailes de Mercure, ou la voiture de monsieur; mais je trottais à pied comme un barbet, et suais à l'avenant. Tour-à-tour grondé, caressé, battu, payé, mes jours se passaient dans ce pénible exercice.

LE MARQUIS.

Je n'en aime qu'une, et c'est pour la vie.

FRONTIN.

Belle, sans doute? Elle ne le serait pas, qu'elle le paraîtrait à vos yeux.

LE MARQUIS.

L'amour ne m'aveugle point.

FRONTIN.

Est-elle jeune, riche, pauvre, fille, femme ou veuve?

LE MARQUIS.

Je la crois fille.

FRONTIN.

Il est toujours prudent de n'en pas jurer.

LE MARQUIS, *montrant l'hôtel du baron.*

Elle demeure là.

FRONTIN.

Et vous là! Bon cela. De là, là, le trajet est facile.

LE MARQUIS.

Tout ce que je puis te dire, c'est que je l'aime éperduement. Je la rencontrai à la promenade le jour de mon arrivée. J'appris qu'elle était la nièce du baron de Stanville, vieux militaire, riche et fort considéré, qui m'a connu dans mon enfance, et qui était l'ami de mon oncle.

FRONTIN.

Le baron de Stanville! Ah! monsieur!

LE MARQUIS.

Qu'as-tu donc?

FRONTIN.

Quel nom venez-vous de prononcer?

LE MARQUIS.

Est-ce que tu connais le baron de Stanville?

FRONTIN.

Non, monsieur.

LE MARQUIS.

Pourquoi donc te récrier?

FRONTIN.

C'est chez lui que demeure ma Lisette.

LE MARQUIS.

Chez le baron de Stanville?

FRONTIN.

Lui-même; dont l'hôtel est vis-à-vis du vôtre. Je n'ai pas oublié l'adresse; l'amour l'avait trop bien gravé dans ma cervelle.

LE MARQUIS.

Tant mieux, nous aurons des intelligences dant la maison.

FRONTIN.

Ah! je connais votre belle; mais n'en espérez rien. Tenez, voici ce que m'écrit Lisette dans sa dernière lettre : « Mon cher Frontin, » mon bien aimée. » —— Je vous fais grace de tout ce qui me concerne, quoique ce soit fort joliment tourné, et que j'eusse un plaisir infini à le relire.

LE MARQUIS.

Abrége.

FRONTIN.

M'y voilà. « Je ne suis plus chez ma vieille comtesse, attendu » qu'elle est morte. » Elle ne l'aurait pas quittée sans cela; c'est une fille attachée à ses maîtres comme à son amant?

LE MARQUIS.

Eh! vas donc.

FRONTIN.

Pardon de la digression. « Attendu qu'elle est morte.... Je suis » chez le baron de Stanville, dans la rue de Rome, vis-à-vis de » l'hôtel de ton maître. Je sers sa nièce, qui a autant de vertu que » de beauté. On la marie incessamment. »

LE MARQUIS, *vivement.*

On la marie! Ah! Frontin! il faut rompre ce mariage. Vas trouver Lisette, intéresse-là en ma faveur, peins-lui la vivacité de mon amour pour sa maîtresse; dis-lui qu'elle fasse l'impossible pour détourner cet hymen funeste; unissez vos efforts: et pour récompensa de ce service, je vous marie ensemble, et je me charge de votre sort.

FRONTIN.

Ah! monsieur le marquis, comptez sur mon zèle. Je n'avais pas besoin de la récompense pour vous servir ; mais elle ne gâtera rien. Je vois même une phrase consolante pour vous. « On la marie » incessamment.... Elle ne connait pas le futur. »

LE MARQUIS.

Il faut empêcher qu'elle ne le connaisse.

FRONTIN.

« C'est l'oncle qui fait ce mariage. »

LE MARQUIS.

Tous ces oncles sont de même, ils ne savent ce qu'ils font.

FRONTIN.

« C'est un capitaine de vaisseau. »

LE MARQUIS, se récriant.

Un capitaine de vaisseau ! Un capitaine de vaisseau ne lui convient point. Une fille délicate, belle comme l'Amour ?

FRONTIN.

Non, monsieur, elle ne lui convient pas. Une jolie femme à un capitaine de vaisseau ! c'est un meurtre. A la bonne heure, ce sont de braves gens, qui se battent bien ; mais ce ne sont point des hommes à femmes. Je cours trouver Lisette. (*Il va pour sortir par la droite du théâtre.*)

LE MARQUIS, *montrant la maison du baron.*

Où vas-tu donc? C'est là qu'elle demeure.

FRONTIN.

Instruite de mon arrivée, elle m'attend chez une amie. Comme les maîtres ont souvent mauvaise opinion des filles qui ont un amant, et qu'ils les mettent à la porte sans aucun examen, elle m'a recommandé de ne pas l'aller trouver à l'hôtel. Je vole au rendez-vous. Du courage, monsieur, du courage. Il y aura bien du malheur, si no   l'opérons pas quelque révolution dans le cœur de la nièce, ou dans les projets de l'oncle. (*Il sort par la droite du théâtre.*)

SCÈNE II.

LE MARQUIS seul.

ON la marie incessamment ! Cette phrase cruelle retentit jusqu'à mon cœur et le désole. C'est peut-être une fausse alarme. Les domestiques sont souvent mal instruits. Eh ! non, au contraire, on ne se cache pas d'eux ; ils savent tout, et rien n'est plus certain que ce maudit mariage. Et je le souffrirais ! Non, non, non. —— Ah ! je sens que j'aime véritablement cette fois. —— Quel parti prendre? Chercher à m'introduire dans la maison? Me faire aimer de la jeune personne?... M'aimera-t-elle? Quelle apparence! Depuis deux jours entiers que je m'attache à sa poursuite, a-t-elle pris garde à moi seulement? Si ses yeux sont tombées sur les miens, c'était d'un air distrait; elle me regardait sans me voir. Mais ce mariage lui déplaît peut-être. —— Oui, oui, il lui déplaît. —— Comme j'affirme cela, parce que je le desire! On la sacrifie à l'intérêt, j'en suis sûr. — Si je me proposais, moi? Je suis héritier, jeune; j'ai un rang, un nom dans le monde. Ah! je n'ai jamais mieux senti le prix de la fortune. —— Elle me préférera à un marin. Oh! très-certainement. L'oncle lui-même sera flatté de ma demande. Le mariage n'est pas fait; on peut le rompre. Je le romperai, je leverai toutes les difficultés. S'il y a un dédit, je le paierai. Je ne demanderai point de dot; les avantages les plus forts, le douaire le plus considérable, j'offrirai, je donnerai tout, tout. Elle est si belle, si intéressante, qu'il n'est point de sacrifice qu'elle ne mérite... Par qui ferai-je faire la demande? Eh! parbleu! par moi-même. Un autre n'y mettrait pas le même zèle, la même chaleur. Le baron était l'ami de mon oncle; il s'est fait écrire hier chez moi, il est naturel que je lui rende sa visite aujourd'hui. Je ferai tomber la conversation sur sa charmante nièce. Des éloges, je passerai à ma proposition. Fasse le ciel qu'elle soit acceptée! Mais qu'il n'aille pas s'aviser de me refuser, cet oncle, car je sens que je deviendrai capable de tout. (*Appercevant le baron qui sort de chez lui.*) Eh! juste ciel! le voici qui sort de chez lui. Sa présence m'interdit. Jamais je n'avais connu ce trouble. Abordons-le pourtant.

SCÈNE III.

LE MARQUIS; LE BARON, *s'arrêtant à deux pas de sa porte, et regardant à sa montre.*

LE MARQUIS, *allant au baron.*

Monsieur le baron?

LE BARON.

Monsieur?

LE MARQUIS.

Vous ne me remettez pas?

LE BARON.

Pardonnez-moi. C'est vous, mon cher marquis. Depuis douze ans que je ne vous ai vu, votre figure n'est presque pas changée. Oh ! je vous reconnais bien ; mais vous êtes un homme à présent. Vous étiez autrefois l'écolier le plus espiègle... Vous m'avez fait bien des tours.

LE MARQUIS.

Vous vous êtes fait écrire hier chez moi ; je suis honteux de m'être laissé prévenir.

LE BARON, gaîment.

Tenez, bannissons le cérémonial. J'ai été trente ans l'ami de votre oncle. Il venait chez moi, j'allais chez lui, sans façon. La cordialité, la franchisse, la gaîté provençale, telles étaient nos communes devises. Si vous pensez comme lui, si le radotage d'un vieux militaire ne vous ennuie pas, venez chez moi à toute heure, à tous momens, vous y serez toujours bien reçu. J'en agirai de même à votre égard. Vous verrez bientôt si je suis votre homme ; tel je me montrerai le premier jour, tel vous me verrez dans la suite. L'amitié qui nous liait, votre oncle et moi ; celle que j'avais pour vous, quand vous étiez enfant, la confiance qu'inspire votre physionomie, tout me garantit d'avance que vous me conviendrez à merveille.

LE MARQUIS.

Ah ! monsieur... mon oncle vous aimait beaucoup ; il ne cessait de me le répéter.

LE BARON.

Autrefois. Il y a si long-tems que vous n'êtes venu ici.

LE MARQUIS.

..... C'est dans ses lettres qu'il m'entretenait de vous. (A part.) Je ne sais ce que je dis.

LE BARON.

Il n'aimait guère à écrire pourtant.

LE MARQUIS.

Il m'écrivait à moi. Nous étions en relation pour des affaires.

LE BARON.

Ma foi, je ne lui en ai jamais connu d'autres que celles de songer à ses plaisirs.

LE MARQUIS.

Il en avait pourtant. —— C'est par lui que j'ai su que vous aviez une nièce charmante.

LE BARON.

Par lui ? Je crois que le pauvre homme ne l'a jamais connue. Je ne l'ai retirée du couvent que depuis sa mort. Il est vrai que je lui en parlais souvent.

LE MARQUIS.

Elle est belle, mademoiselle votre nièce.

LE BARON.

Oh! ce n'est point parce que je suis son oncle. Je ne mets pas d'amour-propre à cela; mais c'est sans contredit la plus aimable, la plus belle créature de tout Marseille. Je ne tarirais pas, si j'entreprenais son éloge. Elle est gaie, espiègle; elle se plaît quelquefois à me faire enrager : je l'ai mise sur ce pied là; mais elle est sage, douce, réservée avec tous les autres. Il n'y a qu'avec moi qu'elle a son franc-parler. Elle me lutine, elle me fait mille tours; mais je le lui rends bien. A propos, je la marie; on doit vous avoir dit cela, c'est le bruit de la ville.

LE MARQUIS, *indifféremment.*

Oui, j'en suis instruit.

LE BARON.

Eh bien! puisque vous êtes ici, vous danserez à sa noce.

LE MARQUIS.

Ce mariage est donc bien avancé?

LE BARON.

Non, pas autrement; mais il est décidé.

LE MARQUIS.

C'est un capitaine de vaisseau?

LE BARON.

Le fils d'un de mes anciens camarades qui fut emporté à mes côtés au siège de Mahon. Le jeune homme se fera un nom, ou se fera tuer comme son père. De plus, je suis son parrain. Il s'est distingué à la dernière guerre. Les gazettes ont parlé de lui avantageusement. Dans l'Inde, il a eu l'honneur de sauver la vie à son chef-d'escadre, de couler bas deux vaisseaux ennemis, et d'en prendre un troisième. L'État l'a récompensé. Sensible aux belles actions, j'ai voulu en faire de même. Je n'avais rien de plus précieux à lui offrir que ma nièce, et je la lui donne.

LE MARQUIS.

Ainsi vous sacrifiez mademoiselle votre nièce?

LE BARON.

Qu'appelez-vous, sacrifier? En la faisant la femme d'un brave officier, je crois l'honorer encore.

LE MARQUIS.

Mais si votre nièce avait de la répugnance pour ce mariage?

LE BARON.

Elle n'en a pas montré jusqu'à présent.

LE MARQUIS.

Connaît-elle celui que vous lui destinez?

LE BARON.

Elle ne l'a jamais vu.

LE MARQUIS.

Et vous pensez qu'elle l'aimera?

LE BARON.

Cela n'est pas absolument nécessaire.

LE MARQUIS.

Y songez-vous?

LE BARON.

Est-ce qu'on est ordinairement amoureux de ceux qu'on épouse ? je n'ai jamais vu mettre cette clause dans un contrat.

LE MARQUIS.

Ce devrait être pourtant la première de toutes, et nos loix ont eu tort de ne rien prononcer sur cet article.

LE BARON.

Vous embrassez la cause des jeunes gens.

LE MARQUIS.

J'embrasse la cause de la nature et de l'humanité.

LE BARON.

Voilà les mots à la mode : on a tout dit, quand on les a prononcés.

LE MARQUIS.

Je parle d'après mon cœur. Si votre nièce cependant se sentait un dégoût invincible pour celui que vous lui destiné, ou qu'un autre vînt à lui plaire ?....

LE BARON.

Cela serait différent. J'ai promis au capitaine de faire humainement tout ce qui dépendrait de moi pour lui assurer la main de Lucile. Je lui ai écrit que j'emploierais tout pour la déterminer, excepté l'autorité.

LE MARQUIS.

Ah! vous êtes un oncle charmant, adorable.

LE BARON.

Je ne suis que juste; j'aime trop ma nièce pour être son tyran.

LE MARQUIS.

Vous m'enhardissez.

LE BARON.

Comment ?

LE MARQUIS, *aux genoux du baron.*

Je me jette à vos pieds.

LE BARON.

Que faites-vous ? Au milieu de la rue ! Relevez-vous ! Marquis. Que signifie cela ?

LE MARQUIS, *toujours à genoux.*

J'adore votre nièce.

LE BARON.

Depuis deux jours que vous êtes à Marseille ?

LE MARQUIS.

Un regard a décidé du reste de ma vie. Je vous demande sa main, et comptez que vous trouverez en moi le neveu le plus soumis et le plus respectueux.

LE BARON, *le faisant relever.*

Vous êtes aussi leste dans vos propositions, que prompt à vous enflammer.

LE MARQUIS.

La violence de mon amour, la circonstance, tout me force à cette démarche précipitée. Votre nièce m'est arrachée, si je tarde. Excusez un amant. Vous avez connu l'amour, sans doute ; et quand il est extrême, vous savez qu'il rend capable de tout.

LE BARON.

Monsieur le marquis, je suis fâché de ce que je viens d'entendre. Dans toute autre circonstance, vous devez croire que je vous aurais préféré à qui que ce fût ; mais j'ai donné ma parole, et rien ne peut m'engager à y manquer. De plus, si ma nièce vous aimait, je ne contraindrais pas son inclination.

LE MARQUIS.

Elle ne pourra être insensible à la pureté, à la vivacité de ma flamme. Retardez cet hymen fatal. Donnez-moi le tems de la convaincre de la sincérité de mes sentimens, et laissez-moi l'espoir de les lui faire partager un jour.

LE BARON.

Ma nièce ne vous connaît pas.

LE MARQUIS.

Je me ferai connaître.

LE BARON.

C'est ce que j'empêcherai de tout mon pouvoir.

LE MARQUIS.

Vous savez quelle est ma fortune. Exigez ; il n'est point d'avantages que je ne sois prêt à faire à mademoiselle votre nièce. Je ne demande point de dot : je ne veux qu'elle, elle seule ; et en la possédant, je me croirai trop heureux encore.

LE BARON.

Vous m'affligez, marquis. Je me vois dans la nécessité de vous interdire ma maison jusqu'après le mariage de ma nièce.

LE MARQUIS.

Quelle cruauté !

LE BARON.

La prudence l'exige. Le mariage fait, si vous voulez nous voir, vous nous ferez autant d'honneur que de plaisir.

LE MARQUIS.

Le mariage fait ? Alors je n'aurai plus qu'à mourir.

LE BARON.

Ce sont des mots que cela. On ne meurt plus d'amour à présent ; la mode en est passée.

LE MARQUIS, *avec la plus grande chaleur jusqu'à la fin de la scène.*

Vous me re...z, vous me mettez au désespoir. Vous ne soupçonnez pas tout ce que je suis capable d'entreprendre

LE BARON.

Eh ! que ferez-vous ?

LE MARQUIS.

Ce que je ferai, ce que je ferai ?... Suffit... (*Gaîment.*) Voulez-vous parier que si je me le mets en tête, je viens à bout de rompre ce mariage, et de faire entrer votre nièce dans mes intérêts.

LE BARON.

Oh ! je vous parie que non.

LE MARQUIS.

Vous ne me connaissez pas.

LE BARON.

Je suis aussi fin que vous.

LE MARQUIS.

Ne me défiez pas.

LE BARON.

Je vous donne carte blanche. Je suis même si tranquille sur tout ce que vous pouvez entreprendre, que je vous promets la main de ma nièce, si vous réussissez à mettre ma prévoyance en défaut.

LE MARQUIS, *très-gaîment.*

Vraie?

LE BARON, *aussi gaîment.*

Très-vrai.

LE MARQUIS.

Vous consentez?

LE BARON.

D'honneur.

LE MARQUIS.

Vous êtes charmant. (*Avec explosion.*) Allons, ce sera guerre ouverte.

LE BARON.

Allons, ce sera guerre ouverte.... Mais un moment.... Faisons nos conventions. Songez que le capitaine arrive aujourd'hui, et que je ne peux vous accorder que très-peu de tems..... le reste de la journée ..... jusqu'à minuit.

LE MARQUIS, *le regardant, et un peu déconcerté*

Jusqu'à minuit !..... Le terme est court.

LE BARON.

Vous faiblissez ? Vous avez peur?

LE MARQUIS.

Non.... Mais.., N'importe.... Allons? jusqu'à minuit.

LE BARON.

Dispensez-vous d'employer avec moi de ces moyens usés....

LE MARQUIS.

Oh! je vous ferai plus d'honneur.

LE BARON.

Je vous les permets tous, excepté la violence.

LE MARQUIS, *avec sensibilité*

M'en soupçonnez-vous capable ?

LE BARON.

Inventez quelle ruse il vous plaira, je vous promets de la découvrir sans peine.

LE MARQUIS, *gaîment.*

Ah ! ça! votre nièce est à moi, si j'ai l'art de l'instruire de mes sentimens et de les lui faire agréer.

LE BARON.

Oh ! non pas.

LE MARQUIS.

Quoi donc ?

LE BARON.

Il faudrait, par exemple, ce qui est très-difficile, et je crois même impossible, que vous puissiez parvenir à l'emmener de chez moi de son plein gré, et sans que je m'en apperçusse.

LE MARQUIS, *étourdiment.*

Oh! c'est une bagatelle.

LE BARON, *gaîment*

Mais vous m'effrayez; il faut que je rentre chez moi, pour voir si ma nièce y est encore. Peste! vous m'avez l'air d'être à craindre.

LE MARQUIS, *le ramenant.*

Adieu, mon oncle.

LE BARON.

Votre oncle? Ah je crains bien de ne pas l'être de sitôt. Le moyen que vous voulez prendre pour entrer dans ma famille ne vous réussira pas : j'ose vous le prédire. Monsieur le marquis, je vous baise les mains. (*Il rentre chez lui.*)

SCÈNE IV.

LE MARQUIS *seul.*

Il faut avouer que je suis bien malheureux. Il m'arrive une seule fois en ma vie d'être amoureux sérieusement, et je le suis d'une femme que l'on va donner à un autre. — Allons, il faut soutenir la gageure. L'amour donne de l'esprit au plus sot. Pourquoi ne m'en donnerait-il pas, à moi? Qui sait ce qui peut arriver? Mille plans se présentent déjà à mon imagination. Il serait plaisant que je pusse réussir dans mon entreprise. Frontin, le fidèle Frontin, ne m'aidera-t-il point de ses lumières et de son génie? Ne puis-je pas gagner les domestiques du baron? Avec l'or on vient à bout de tout. Eh bien? je le prodiguerai. Je sens renaître l'espérance dans mon cœur, et ce pressentiment m'est le garant assuré du succès.

SCÈNE V.

FRONTIN, LE MARQUIS.

LE MARQUIS.

Ah! Frontin!

FRONTIN.

Ah! monsieur!

LE MARQUIS.

Je quitte le baron.

FRONTIN.

Je sors d'avec Lisette.

LE MARQUIS.

Je lui ai demandé sa nièce.

FRONTIN.

Elle s'intéresse en votre faveur.

LE MARQUIS.

Il me la refuse.

FRONTIN.

Elle désespère de vous être utile.

LE MARQUIS, *surpris.*

Ah! ah!

FRONTIN.

Nous avons fait de belles découvertes, à ce qu'il me paraît.

LE MARQUIS.

Je lui ai dit, piqué de ses refus, que j'enleverai sa nièce.

FRONTIN.

La belle avance!

LE MARQUIS.

Il me l'a promise, si j'en viens à bout.

FRONTIN.

Le drôle de marché.

LE MARQUIS.

Il compte sur sa prévoyance.

FRONTIN.

Et vous comptez sur mon génie?

LE MARQUIS.

Précisément.

FRONTIN.

Vous avez mal fait de le prévenir.

LE MARQUIS.

J'ai dit cela dans un momens où j'étais hors de moi.

FRONTIN.

On a tant de peine à tromper ceux qui ne s'attendent à rien.

LE MARQUIS.

Cela est vrai.

FRONTIN.

Et comment surprendre un homme averti?

LE MARQUIS.

Et qui, sur-tout, n'est pas un sot. Un ancien militaire....

FRONTIN.

FRONTIN.

Qui a fait des siennes dans son tems.

LE MARQUIS.

Je disais cela pour l'épouvanter : il en a ri.

FRONTIN, *avec colère.*

Il en a ri ! Eh bien ! il faut faire en sorte qu'il ne rie pas le dernier. La difficulté de l'entreprise augmentera la gloire du succès.

LE MARQUIS.

C'est ce que j'ai pensé.

FRONTIN.

C'est ce que je sens, moi. Le grand mérite d'attraper un vieux Géronte, perclus de tous ses membres, bête comme un oison, et qui donne tête baissée dans des piéges mal tissus ! Le beau, le noble, le sublime, est de venir à bout d'un de ces personnages qui ne doutent de rien. Celui-ci est donc bien madré ?

LE MARQUIS.

Il en a l'air.

FRONTIN.

Tant mieux. D'abord celui qui attaque n'a qu'un objet en tête, il sait ce qu'il va faire ; au lieu que celui qui se défend peut être la dupe de ce qu'il prévoit le moins. En second lieu, tous les hasards seront pour nous.

LE MARQUIS.

Raisonnement superbe !

FRONTIN.

Lisette nous secondera, sans contredit.

LE MARQUIS.

Elle n'est pas seule dans la maison ?

FRONTIN.

Eh ! non, par malheur. Le domestique du baron consiste en cinq personnes. (*Un mouvement de surprise de la part du marquis.*) D'abord, un vieil invalide, impotent et goutteux, camarade de guerre du baron, homme incorruptible, et plutôt ami que serviteur de son maître ; un portier, espèce d'imbécille, sourd comme une trappe, être absolument nul ; ma Lisette, qui vous est dévouée ; un l'Olive, personnage subtil, si l'on veut ; mais sans tenue, indiscret, bavard, présomptueux, animal qu'on ne peut s'attacher, assez à craindre pour nos projets ; mais moins encore qu'une vieille gouvernante ; la conseillère intime de son maître, digne, à ce que m'a dit Lisette, d'être duègne en Espagne, et que je redoute d'autant plus, qu'elle

B

vient de me voir avec ma bien aimée; que cela suffit, si l'on sait que je suis à vous, pour la rendre suspecte à l'oncle, et nous fermer tout accès dans la maison.

LE MARQUIS.

Il faut la gagner.

FRONTIN.

Ou s'en défaire.

LE MARQUIS.

J'aimerais mieux la gagner.

FRONTIN.

Elle est vieille.

LE MARQUIS.

Je lui dirai des douceurs.

FRONTIN.

Excellent! elle doit aimer l'argent.

LE MARQUIS.

Je lui donnerai de l'or.

FRONTIN.

Elle est à nous. (*Il se retourne et apperçoit Nanci dans le lointain.*) Ah! monsieur!

LE MARQUIS.

Quoi!

FRONTIN.

Voici le personnage qui s'achemine par ici. Je vous laisse ensemble. Je vais faire un tour à l'office. Les grands esprits, comme les sots, ont besoin de se restaurer. Un verre de Champagne m'exaltera l'imagination. Allons, monsieur, faites votre chef-d'œuvre; séduisez une poulette de soixante ans; et moi, je vais tracer, en buvant, le plan de l'attaque, et tâcher de déconcerter tous ceux de la défense.

(*Il sort.*)

SCENE VI.

LE MARQUIS *seul.*

CES vieilles filles sont revêches. L'air de celle-ci n'est point gracieux.

SCENE VII.

LE MARQUIS, NANCI.

(Elle traverse le théâtre pour rentrer chez le baron. Elle cherche la clé dans sa poche. Elle a toujours un ton dur. Sa mise est celle d'une vieille gouvernante. Casaquin de couleur, tablier blanc à poches, coëffe noire par-dessus un bonnet monté.)

LE MARQUIS.

MADEMOISELLE?

NANCI.

Monsieur.

LE MARQUIS.

Vous servez chez le baron de Stanville?

NANCI.

Je sers.... Je suis la gouvernante de la maison, monsieur.

LE MARQUIS.

Vous êtes toujours fraîche, mademoiselle.

NANCI.

Je l'étais autrefois, monsieur.

LE MARQUIS.

Vous l'êtes encore, mademoiselle.

NANCI.

Je vous remercie de votre compliment; mais je suis votre servante, monsieur. *(Elle retourne à la porte du baron.)*

LE MARQUIS.

Un mot, mademoiselle, un mot. J'ai une chose de la plus grande importance à vous communiquer.

NANCI, *revenant, et à part.*

C'est quelque amoureux de la nièce; je vais le rembarer. *(Haut.)* Que voulez-vous, monsieur?

LE MARQUIS.

Vous êtes bien sévère, mademoiselle.

NANCI.

C'est mon humeur, monsieur.

LE MARQUIS, *la cajolant.*

Cet air que vous prenez, contraste avec votre phisionomie naturellement douce.

B 2

NANCI.

Vos cajoleries ne me séduiront point. Je suis laide et vieille à présent, je le sais.

LE MARQUIS.

Point du tout.

NANCI.

Et méchante par-dessus le marché. Vous êtes un amoureux : je le devine à votre air patelin; mais n'espérez rien de moi. J'aime mon maître; il ne m'a pas fait de mal encore, pour que je lui joue un mauvais tour. Il marie sa nièce à un capitaine de vaisseau, qui arrive aujourd'hui. Demain l'on s'épouse : ainsi perdez toute espérance.

LE MARQUIS, *d'un ton doucereux.*

Je ne la perdrais pas, si vous vouliez me seconder.

NANCI.

Pour qui me prenez-vous, monsieur?

LE MARQUIS.

Pour une personne compatissante.

NANCI, *vivement.*

Je ne compatis point à des maux que je ne puis plus éprouver.

LE MARQUIS, *lui présentant une bourse.*

Deux cents louis, qui sont dans cette bourse, ne pourraient-ils vous séduire?

NANCI.

Ah! ah! nous y voilà.

LE MARQUIS.

Vous acceptez?

NANCI.

Non, monsieur, je n'ai besoin de rien. J'ai un sort assuré; et l'argent ne m'engagera jamais à faire une mauvaise action.

LE MARQUIS, *à part.*

Allons, il n'y aura qu'une fille incorruptible au monde, et il faut que ma maudite étoile me la réserve.

SCENE VIII.

LE MARQUIS; NANCI; LE BARON,
sur le seuil de sa porte.

LE BARON. *Il se tourne pour prêter l'oreille, et reste dans celte situation quelques instans.*

Nanci avec notre amoureux!... Écoutons.

LE NANCI, *d'un ton un peu railleur.*

Je vous plains bien sincèrement. Vous aimez donc bien mademoiselle?

LE MARQUIS, *appercevant le Baron.*

(*A part.*) Le baron! Changeons de batterie. (*Haut.*) Je ne m'attendais pas à l'accueil que j'ai reçu de vous.

NANCI.

Il est tout naturel.

LE MARQUIS.

Mais je suis enchanté des sentimens que vous faites paraître.

NANCI.

Tout de bon?

LE MARQUIS.

Je suis charmé que vous vous soyez montrée à moi telle que vous êtes.

LE BARON, *toujours à sa porte.*

Ah! ah!

LE MARQUIS.

On m'avait dit toute autre chose de vous.

NANCI.

Il y a de si méchantes langues.

LE MARQUIS, *chaudement.*

Continuez toujours de même.

NANCI.

J'espère bien ne changer jamais.

LE MARQUIS.

Le baron, j'en suis sûr, ne croit pas cela de vous.

NANCI.

Pardonnez-moi, il doit le présumer.

LE BARON, *à part.*

La coquine!

LE MARQUIS.

Vous voulez le bonheur de sa nièce; c'est fort bien fait. Acceptez
cette bourse pour prix de votre zèle.

NANCI.

Monsieur!...

LE MARQUIS.

Prenez, prenez; je connais à présent votre façon de penser, j'en
rendrai compte. Mais... c'est qu'il y avait mille à parier contre un,
que vous ne vous conduiriez pas ainsi.

NANCI.

Avais-je donné lieu à cela?

LE MARQUIS.

Les personnes de votre âge se font un malin plaisir... Vous com-
prenez bien? Mais c'est que vous êtes charmante.

NANCI.

Vous êtes fou.

LE MARQUIS,

Non, non, je ne le suis pas. (*Il l'embrasse avec la plus grande
chaleur.*)

NANCI.

Que faites-vous? Finissez donc, finissez donc.

LE MARQUIS.

Si vous saviez combien je suis content de vous avoir rencontrée!
Je suis certain à présent du succès de notre affaire. Ah! monsieur le
baron, monsieur le baron, où êtes-vous? Il y aurait-là de quoi lui
faire tourner la tête.

LE BARON, *s'avançant au milieu.*

Me voilà.

LE MARQUIS, *avec un faux air de confusion.*

Ah! juste ciel! nous sommes découverts, mademoiselle, il a tout
entendu.

LE BARON, *en colère.*

Oui, j'ai tout entendu.

NANCI.

Eh bien, tant mieux.

LE BARON, *étonné.*

Comment, tant mieux?

NANCI.

Cela doit vous faire plaisir.

LE MARQUIS.

Je suis désespéré. Nous ne vous croyions pas si près; mais, mademoiselle vous aime infiniment, et je vous jure que c'est une personne incorruptible.

LE BARON, *avec confiance et appuyant.*

Monsieur le marquis est d'un déconcerté !

NANCI, *froidement.*

Quel galimatias !

LE BARON.

Quant à vous, mademoiselle, vous n'êtes plus à moi dès ce moment.

NANCI.

Quel langage !

LE BARON.

Gardez-vous de remettre le pied dans la maison. Mais, vous n'êtes pas à plaindre, monsieur le marquis vous donnera un asyle.

NANCI.

Écoutez-moi donc.

LE BARON.

Point de réplique. Je suis plus fin que vous ne pensez. Demain je vous enverrai ce que je vous dois.

NANCI.

Vous êtes dans l'erreur.

LE MARQUIS, *avec le plus grand sang-froid.*

Elle dit vrai.

LE BARON.

A votre âge !.... N'avez-vous pas de honte ? Vous devriez rougir. Mais je devais m'y attendre. Moi, compter sur votre fidélité ! Non, je n'y ai jamais sincèrement compté. Mademoiselle, il y a vingt-cinq ans que j'ai ce soupçon sur le cœur. Allez, allez, malheureuse, et gardez-vous de reparaître jamais devant mes yeux.

NANCI, *en colère.*

Ah ! vous le prenez ainsi ? Eh bien ! je suis bien aise de vous dire que votre nièce ne se soucie pas du capitaine, que nous trouverons moyen de l'instruire de l'amour de monsieur, et que je vous apprendrai qu'on n'offense pas impunément une personne comme moi.

LE BARON.

Je me moque de vos menaces.

NANCI.

Vous vous croyez bien fin.

LE BARON.

Autant et plus que vous.

NANCI.

En me perdant, vous perdez votre bon génie.

L E　B A R O N.

Mon mauvais, plutôt. Vous étiez haïe, détestée de toute la maison.

N A N C I.

Vous êtes un vieux fou.

L E　B A R O N, *avec la plus grande colère.*

Vous êtes une insolente, une vieille.... que.... que.... que... que....
j'abandonne à son mauvais destin.　　　(*Il rentre chez lui.*)

S C È N E　I X.

L E　M A R Q U I S, N A N C I.

L E　M A R Q U I S, *avec l'air de la plaindre.*

OH! mon dieu! mais il est méchant, cet homme, très-méchant!

N A N C I.

Oh! il me le paiera, il me le paiera. Oui, je vous servirai, contre
mon inclination, à la vérité, mais pour me venger de son indigne
conduite à mon égard. D'abord, déguisez vous comme il vous
plaira; dussiez-vous être reconnu, il faut que vous vous introduisiez
chez lui; que vous vous présentiez aux regards de la nièce. La vue
d'un joli homme est plus eloquente que tous les épîtres. Laissez-moi
faire après, je trouverai moyen de vous être utile, et de le faire re-
pentir de m'avoir défiée.

S C E N E　X.

F R O N T I N, L E　M A R Q U I S, N A N C I.

F R O N T I N, *arrive en tapinois.*

EH bien! monsieur?

L E　M A R Q U I S, *vivement.*

Elle est à nous.

F R O N T I N, *de même.*

Elle est à nous, *rival,* monsieur le marquis! Une femme comme
cela est un trésor pour une intrigue. Elle est à nous! (*Il va à elle.*)
Que je l'embrasse! Que je l'emporte en triomphe! Voilà, voilà
l'étendard sous lequel nous devons marcher, c'est le garant de la vic-
toire. (*Il emporte Nanci jusqu'à la porte de l'hôtel du marquis.*)

F I N　D U　P R E M I E R　A C T E.

ACTE II.

Le théâtre représente un sallon.

SCÈNE PREMIÈRE.

LE BARON, *avec une lettre à la main.*

LE capitaine est arrivé; il m'écrit qu'il est en rade, et qu'il vient dîner avec moi. Tant mieux, il ne pouvait venir plus à propos. Je serais enchanté qu'il fût bel homme, et qu'il pût plaire à ma nièce à la première vue. — Je ne reviens pas de l'air de confiance et de la présomption de ce jeune étourdi. Mais, tout en plaisantant, ne nous laissons pas surprendre; assurons-nous de la fidélité de nos gens, par l'appât des récompenses, ou par la crainte du châtiment. Holà, l'Olive, François, l'Ingambe, Lisette, accourez tous.

SCÈNE II.

LE BARON, FRANÇOIS, L'INGAMBE, LISETTE, L'OLIVE.

LISETTE, *du fond.*

ON y va, on y va.

L'INGAMBE.

Me voilà, me voilà.

L'OLIVE.

Qu'y a-t-il donc, monsieur le baron? Vous serait-il arrivé quelque accident?

LE BARON.

Non, mes enfans; mais on me menace de me jouer un mauvais tour.

L'INGAMBE.

Qui sont ces marauds-là? Que j'aille leur couper les oreilles, mon capitaine.

FRANÇOIS, *qui est arrivé très-lentement, et bégayant.*

Est... est... est-ce que vous... oûs... ous... nous demandez?

LE BARON, *fait signe que oui à François.*

En deux mots, voilà le fait. Le marquis de Dorsan, mon voisin, à qui j'ai refusé ma nièce, parce que, comme vous savez, je l'ai promise au capitaine Rolland, a parié avec moi qu'il l'enlèverait et je me suis engagé à la lui donner, s'il était assez adroit pour réussir dans son projet avant minuit.

L'OLIVE.

Monsieur le baron, ce marquis-là ne sait donc pas que vous avez l'Olive à votre service?

L'INGAMBE.

Vous ne lui avez donc pas dit que votre ancien soldat, le père l'Ingambe, était homme à le faire sauter par-dessus les murs de votre jardin?

LISETTE.

Il ignore donc, monsieur le marquis, que Lisette seule est capable de dénouer cette intrigue, sans le secours de personne, et qu'il y a plus de malice dans cette tête-là que dans toute les têtes des soubrettes passées et futures?

LE BARON.

Je suis enchanté de vous trouver dans des dispositions si favorables à mes intérêts, et j'espère qu'aucun de vous ne sera comme cette coquine de Nanci, qui avait embrassé les intérêts du marquis.

L'INGAMBE.

Elle ne valait rien.

L'OLIVE.

Elle était vieille.

LISETTE.

Elle était méchante.

LE BARON.

Aussi je l'ai mise à la porte. Soyez-moi fidèles, et je vous promets à chacun cinquante louis, si vous m'aidez à faire échouer le marquis dans sa tentative.

L'OLIVE.

Monsieur le baron, vous pouvez nous payer d'avance. Je regarde, pour ma part, l'argent comme gagné. Ce sera même du profit sans gloire.

L'INGAMBE.

Je veux qu'on me mette à l'eau pour le reste de mes jours, s'il trouve le secret de s'introduire ici seulement.

SCÈNE III.

LES PRÉCÉDENS; LE MARQUIS, *au fond.*

LE MARQUIS, *il est déguisé avec une redingotte et une perruque.*

DIABLE! il sont tous là. Cachons-nous quelque part. (*Il entre dans un cabinet à sa gauche, dont il trouve la porte ouverte.*)

L'OLIVE.

Ah! que n'a-t-il à son service quelqu'un de ces fourbes subtils, qui savent inventer de ces tours d'adresse, qu'on a du plaisir à déconcerter! Ce serait alors ruse contre ruse. Mon génie s'échaufferait, s'enflammerait, et je voudrais le prendre dans le piége même qu'il aurait dressé.

FRANÇOIS.

Qu'est... est... est-ce donc que vous dites entre vous?

L'INGAMBE.

On garde une citadelle, et on ne garderait pas une femme?

LISETTE.

Quelle différence! une femme n'est pas immobile comme une citadelle. Tournez la tête, crac, elle vous échappe, si le jeu lui plait.

L'OLIVE.

Oui, quand un sot en est le gardien.

LE BARON.

Dieu merci, je ne le suis pas, et je consens à passer pour tel, s'il gagne son pari.

FRANÇOIS.

Il y... y a quel...el... que chose d'ex... extraordinaire. Qu'on est malheureux d'être sourd!

LE BARON.

Ce pauvre diable de François enrage de ne pouvoir entendre ce que nous disons.

L'INGAMBE.

Je le mettrai au fait là-bas, en buvant bouteille.

LE BARON.

Vous voilà tous ici, et pendant ce tems-là, si quelqu'un allait s'introduire dans la maison?...

L'INGAMBE.

Vous avez raison ; il faut envoyer François à la porte. (*Il lui fait signe de descendre.*)

FRANÇOIS.

A... aller là... à... à bas ?

L'INGAMBE, *lui fait signe de fermer la porte.*

FRANÇOIS.

Fer... or... mer la... a... porte ?

L'INGAMBE, *lui fait signe que oui, et le pousse.*

FRANÇOIS.

Moi, j'entends tout avec les yeux. (*Il sort très-doucement.*)

SCÈNE IV.

LE BARON, L'INGAMBE, LISETTE, L'OLIVE.

LE BARON.

Malgré sa surdité, c'est un serviteur fidèle.

L'INGAMBE.

Comptez aussi sur moi.

LE BARON.

Je te connais et te rends justice. Vous veillerez en bas, François et toi. Tu as de bonnes oreilles, et lui de bonnes jambes : il courra pour toi, et tu entendras pour lui. Restez tous les deux à la porte, et ne laissez entrer qui que ce soit, sans m'en prévenir ... ou sans qu'ils aient dit, *amour et bombarde*, qui seront les mots d'ordre pour nos amis.

L'INGAMBE.

Soyez tranquille, je n'ai pas oublié ce que c'est qu'une consigne, et le diable lui-même resterait à compter les clous de la porte, s'il n'avait pas l'honnêteté de me dire : *Amour et bombarde.*

SCÈNE V.

LE BARON, L'OLIVE(1), LISETTE.

LE BARON.

Il ne me reste plus qu'à faire entrer ma nièce dans notre ligue. C'est une fille sage ; elle sera outrée, j'en suis sûr, de l'insolence du marquis.

_____

(1) L'Olive passe à la droite du baron.

L'OLIVE.

Il y a autant à parier pour que contre. Les femmes ont toujours eu une prédilection marquée pour les gens entreprenans.

LISETTE, *avec ironie.*

Croyez-vous cela, monsieur l'Olive?

L'OLIVE.

J'en parle de science certaine. Voudrais-tu nier que tu m'adores?

LISETTE.

Ah! c'est vrai, je l'avais oublié, et je t'en donnerai des preuves. (*A part.*) Tu me paieras cette impertinence.

LE BARON.

Tant mieux, mes enfans. Que votre amour mutuel se joigne à votre attachement pour moi; travaillez de concert à dérouter notre imprudent jeune homme. Je me charge de vous établir, et votre mariage se fera le jour même que celui de ma nièce.

L'OLIVE.

Eh! friande! la récompense te tante. Une dot et l'Olive? Ne lui parlez plus de cela, monsieur le Baron, elle en perdrait le peu de raison qui lui reste.

LISETTE.

Que monsieur l'Olive est pénétrant!

LE BARON.

Pendant que je préviendrai ma nièce de ce qu'on machine contre son humeur, l'Olive ira au port s'emparer du Capitaine, et le mènera ici. Il m'a écrit ce matin que son navire était en rade, qu'il y laisserait son valet, qui est son *factotum*, pour veiller à ses affaires, qu'il se mettrait dans une chaloupe, avec son bagage le plus pressé, et qu'il viendrait dîner chez moi.

L'OLIVE.

Comment est fait ce capitaine?

LE BARON.

Ma foi, je ne l'ai pas vu depuis le jour de sa naissance, où je le tins sur les fonts baptismaux.

L'OLIVE.

Il peut être un peu changé depuis ce tems-là. N'importe, je le reconnaîtrai tout de suite. Trente ans, le visage brun, la voix forte, tel est mon homme : le capitaine Rolland. A son nom seul on devine sa tournure. Je vais, je cours, je vole, et je reviens.

LE BARON.

Un moment, un moment. En allant au port, passe chez le tailleur de ma nièce; tu lui diras qu'il vienne tout de suite lui prendre mesure de ses habits de noces. Le plaisir d'être parée et brillante, étourdira Lucile, et l'empêchera de réfléchir sur cet hymen, qui n'est peut-être pas tout-à-fait de son goût.

LISETTE.

Ah! monsieur! que vous connaissez bien les femmes!

L'OLIVE.

Monsieur le baron, je cours exécuter vos ordres, vous envoyer un tailleur, et vous amener le capitaine.

LE BARON.

N'oublie pas de donner le mot d'ordre au tailleur.

L'OLIVE, *revenant au milieu.*

Le mot d'ordre?... Je l'ai, ma'foi, oublié.

LISETTE.

L'imbécille! *amour et bombarde.* Tu veux te charger de mener une intrigue, et tu n'as pas de mémoire?

L'OLIVE.

Les génies supérieurs voient en grand, les sots s'amusent aux détails. (*Il parle à l'oreille du baron.*)

LISETTE.

Et voilà pourquoi les sots attrapent presque toujours les gens d'esprit. Mais, va donc, vas donc, bavard impitoyable.

L'OLIVE.

C'est bien à toi à me faire ce reproche. Mais je pars, et je te prouverai que si je parle bien, je sais bien mieux agir encore.

(*Il sort.*)

LE BARON.

C'est bon, c'est bon. Ah! voici ma nièce.

SCÈNE VI.

LUCILE, LE BARON, LISETTE.

LE BARON.

APPROCHEZ, Lucile, approchez. Vous avez, sans doute, un cœur sensible à l'injure?

LISETTE.

Sans contredit : autrement elle ne serait pas de son sexe.

LUCILE.

Mais, c'est selon, mon oncle.

LE BARON.

Comment, c'est selon? Que penseriez-vous, par exemple, d'un étourdi qui a la hardiesse de vous aimer?

LUCILE.

Ah! c'est un de ces crimes qui n'allume jamais le courroux d'une femme.

LE BARON.

Qui, sur le refus que je lui ai fait de votre main, s'est vanté de vous enlever.

LUCILE.

Soyez tranquille, mon oncle. On n'enlève que celles qui le veulent bien.

LE BARON.

Et je me flatte que vous ne le voudrez pas.

LUCILE, *gaiment.*

Il ne faudrait pas en jurer.

LE BARON.

Voilà qui est singulier, par exemple.

LUCILE.

S'il a le talent de me le faire vouloir?

LE BARON.

Vous plaisantez, Lucile?

LUCILE.

Je vous parle sérieusement. Pour qu'un homme soit épris au point de vouloir faire une pareille étourderie, il faut qu'il aime éperdument. Il est toujours flatteur d'exciter une grande passion : on finit quelquefois par la partager; et le cœur une fois pris, la tête se perd bien vîte.

LE BARON.

En tout cas, je saurai y mettre ordre.

LUCILE.

Si vous me gênez, si vous y mettez de la contrariété, vous avancerez ses affaires.

LE BARON.

Ah! vous allez voir qu'il faudra que je fasse beau jeu à ce jeune étourdi.

LUCILE.

Il est jeune, mon oncle? Qui est-il? Est-ce un homme de qualité? Est-il beau, spirituel, bien fait?

LE BARON.

C'est ce que vous ne saurez pas.

LUCILE.

Vous avez tort encore. Mon imagination va le parer de mille charmes qu'il n'a pas peut-être, et je meurs d'envie de le voir.

LE BARON.

Eh bien! je vous déclare que vous ne le connaîtrez que quand vous serez la femme du capitaine.

LUCILE.

Tenez, votre capitaine me paraissait excellent hier pour un mari; il m'était proposé, je l'acceptais. Aujourd'hui on me donne à lui, et je n'en veux plus.

LE BARON.

Oh! ça, mademoiselle, vos folies m'amusent ordinairement; mais cette lubie ne me plaît pas du tout, je vous en avertis. Vous dépendez de moi, j'ai votre parole, j'ai donné la mienne. Le capitaine vient de deux mille lieues pour vous épouser, et vous serez sa femme. Quant au fréluquet qui s'est mis en tête de vous arracher de mes mains, je saurai vous garantir de ses poursuites; et je vous annonce que je ne vous perdrai pas un instant de vue, jusqu'à l'arrivée du capitaine.

LUCILE.

Tenez, mon oncle, prétendre garder une femme malgré elle, c'est la chose impossible; et si Lisette et moi nous nous le mettions en tête......

LE BARON.

Ne comptez pas sur les secours de Lisette.

LISETTE, *faisant un signe d'intelligence à Lucile.*

Oh! non, non : ne comptez pas sur moi, mademoiselle.

LE BARON.

Je lui ai promis un mari et une dot pour prix de sa fidélité.

LISETTE.

C'est vrai; l'on m'a promis un mari et une dot. Une dot et un mari! Ah! c'est bien tentatif pour une fille qui soupire après ces deux articles. Aussi j'ai donné ma parole; et quoi qu'il arrive, je la tiendrai, fût-ce au péril de ma vie. Hé bien! qu'en dites-vous, monsieur? Ai-je de la résolution, pour une Lisette?

SCÈNE VII.

SCENE VII.

LE MARQUIS, LUCILE, LE BARON, LISETTE.

LE MARQUIS, *à part, sortant du cabinet.*

IL reste. Allons, de la hardiesse. (*Il avance, comme s'il venait de dehors.*)

LE BARON.

Qui est là?

LE MARQUIS, *parlant provençal.*

« *Amour et bombarde.* » A ces mots-là, vous boyez qué jé suis au fait, monsieur. Monsieur l'Olive m'a assuré qu'en les prononçant, les portes s'ouvriraient pour moi. Aussi votre portier, instruit dé sa consigne, m'a gracieusement fait monter, en m'assurant qué j'aurais l'honneur dé vous rencontrer, ainsi qué votre charmante nièce, à qui j'ai à faire.

LE BARON.

Au fait. Qui êtes-vous?

LE MARQUIS.

Jé suis lé premier garçon du tailleur dé madame, et en son assence jé viens prendre mésure. Monsieur l'Olive m'a dit qué la chose pressait, puisque cé sont des habits dé noces, qui doivent être prêts pour demain au plus tard. (*A part.*) Il ne me reconnaît pas.

LE BARON.

Ce drôle m'est suspect.

LUCILE.

Monsieur le tailleur, rien n'est moins pressé que ces habits-là.

LE BARON, *à part.*

Me trompé-je? (*Haut.*) Prenez, prenez toujours la mesure. Que les habits soient faits ou non, mademoiselle, cela ne vous engage à rien.

LE MARQUIS.

Monsieur lé baron a raison. Si le futur né vous plaît pas, les habits n'en seront pas moins dé votre goût. J'aurai un plaisir infini à travailler pour vous, et jé compte passer la nuit pour votre service.

LE BARON, *à part.*

C'est mon étourdi. (*Haut.*) Allons, monsieur le tailleur, dépêchez-vous. (*A part.*) Quel est son dessein?

C

LE MARQUIS.

De quelle manière madame veut-elle qu'on l'habille? Est-ce à la turque, à l'anglaise? Madame veut-elle le costume d'une princesse ou celui d'une bergère. (*Avec sentiment et fixant Lucile.*) Quel que soit l'habit que vous choisissiez, vous n'en serez pas moins charmante. Une jolie femme embellit tout ce qu'elle porte.

LUCILE.

Vous êtes galant, monsieur le tailleur.

LE MARQUIS.

Les gens dé ma profession lé sont tous.

LE BARON, *à part.*

L'effronté! n'éclatons point encore.

LE MARQUIS, *prenant la taille de Lucile.*

Quelle taille élégante! on peut la tenir entre ses dix doigts.

LE BARON.

Que faites-vous donc, monsieur le tailleur?

LE MARQUIS.

C'est ma façon dé prendre mesure, monsieur lé baron. Jé dédaigne la routine dé mes confrères. Soyez tranquille, madame, jé vous servirai comme vous lé méritez. —— Tournez un peu dé mon côté. Bon! Levez lé bras gauche, baissez lé droit. Prenez cela. (*Il lui veut donner une lettre, qu'il laisse tomber.*)

LE BARON.

C'est un peu trop fort, monsieur le marquis.

LUCILE.

Monsieur le marquis!

LE BARON.

Il faut être plus fin pour nous attraper.

LE MARQUIS, *très-rapidement, et lui baisant la main.*

Oui, c'est moi, belle Lucile, qui vous adore... qui...

LE BARON, *les séparant.*

Ne vous gênez pas. Eh bien!.... Mais!...

Le marquis échappe au baron, et revient baiser la main de Lucile. Le baron le rattrape, et le conduit vivement à la porte.

SCÈNE VIII.

LUCILE, LE BARON, LISETTE.

LE BARON, *très en colère.*

LAISSEZ donc faire.... ce monsieur... En vérité !...

LUCILE, *riant.*

L'excellent tour! Mais il est bien cet homme-là.

LE BARON.

Si je le renfermais chez moi? L'ingambe! (*Il va au fond du théâtre.*)

LUCILE.

Que vois-je? Une lettre? (*Elle la ramasse.*)

LE BARON, *revenant.*

Que dites-vous? Une lettre? Mais je perds un tems... L'Ingambe !

LUCILE.

Arrêtez donc, mon oncle.

LE BARON.

Laissez-moi. L'Ingambe ! Holà, l'Ingambe! Ferme la porte. Mademoiselle, donnez-moi cette lettre.

LUCILE, *la lui présentant et la retirant.*

Oh! oui, mon oncle; mais il faut que je la lise un peu.

SCENE IX.

LES PRÉCÉDENS; FRANÇOIS.

FRANÇOIS, *arrivant toujours doucement.*

L'IN.... ING BHF. dit que vous... ous... appelez.

LE BARON.

Allons, ils l'auront laissé sortir. (*Criant à l'oreille de François.*) Qu'est-ce que tu dis?

FRANÇOIS.

Que... vou... voulez-vous?

LE BARON.

Au diable soit l'animal! (*Lui faisant faire une pirouette.*) Hé! vas donc.

FRANÇOIS.

I.... i.... ils sont fous.   (*Il sort.*)

SCENE X.

LE BARON, L'OLIVE, LUCILE, LISETTE.

(Pendant la scène du baron avec l'Olive, Lucile fait signe à Lisette, et elles lisent la lettre au fond du théâtre.)

LE BARON.

C'EST ce coquin de l'Olive qui m'a trahi; mais il me le paiera.

L'OLIVE, *arrive en courant.*

J'ai diablement couru.

LE BARON, *donnant des coups de bâton à l'Olive.*

Ah! vous voilà, monsieur le drôle. C'est donc ainsi que vous trahissez votre maître?

L'OLIVE.

Que diable signifie cela? Est-ce ainsi qu'on accueille un serviteur loyal et fidèle?

LE BARON.

Eh! oui, un serviteur loyal et fidèle?

L'OLIVE.

Expliquez-vous donc. Avant que de pendre un homme, on lui fait son procès du moins.

LE BARON.

Je sais tout.

L'OLIVE.

Que savez-vous?

LE BARON.

Il sort d'ici.

L'OLIVE.

C'était lui! j'aurais dû m'en douter.

LE BARON.

Ah! ah! te voilà donc au fait? Tu l'as donc vu?

L'OLIVE.

Et senti, de par tous les diables. Comme j'entrais, il sortait, et il m'a régalé d'un soufflet.... Ah! d'un soufflet!... il faut l'avoir reçu pour en connaître la qualité.

LISETTE, *revenue à sa place.*

Te maltraiter, après ce que tu avais fait pour lui! Oh! c'est indigne de sa part.

L'OLIVE.

Que voulez-vous donc dire tous tant que vous êtes? Savez-vous que cela me ferait damner? L'un me rosse dans la rue, l'autre dans la maison. Où faut-il donc que j'aille pour être en sûreté?

LE BARON.

Comment! frippon insigne, ame double et sans foi, tu m'oseras soutenir que ce n'est pas toi qui as introduit ici le marquis, en lui conseillant de se faire passer pour le garçon du tailleur?

L'OLIVE.

Ah! ah! monsieur! Est-il possible que vous me soupçonniez d'un pareil tour? Premièrement, le tailleur de mademoiselle n'a jamais eu que des filles pour ouvrières; et en second lieu, je venais vous dire que ce pauvre tailleur est mort subitement ce matin, et que ce petit accident l'empêcherait de travailler pour votre nièce.

LE BARON.

Mais quel autre que toi l'aurait instruit que j'avais demandé le tailleur? Ce n'est pas Lisette, elle ne m'a pas quitté. Dis, maraud, qui lui aurait donné le mot de l'ordre?

L'OLIVE.

Je n'en sais rien; mais je jure... par les cinquante louis que vous m'avez promis, que ce n'est pas moi.

LE BARON.

Ce ne peut être l'Ingambe. Cependant il faut que je l'interroge. Lisette, va lui dire de monter. *(Lisette sort.)*

L'OLIVE.

Interrogez; et quand vous aurez découvert la vérité, vous serez fâché des coups de bâton que vous m'avez préalablement distribués. En tout cas, je les laisse sur votre conscience.

SCENE XI.

LE BARON, LUCILE, L'INGAMBE, L'OLIVE, LISETTE.

LE BARON.

JE te connais pour un homme vrai, mon vieux camarade, est-ce toi qui a fait entrer ici le marquis, soit par inadvertence, soit par des raisons que je ne puis deviner?

C 3

L'INGAMBE.

Mon capitaine, je n'ai jamais de raison pour manquer à mon devoir, et sur cet article je n'ai jamais d'inadvertance.

LE BARON.

Je te crois; mais tu as vu entrer un homme?

L'INGAMBE.

Personne n'est entré.

LE BARON.

C'est un peu fort.

L'INGAMBE.

C'est la vérité. J'en ai vu sortir un. Je ne sais d'où diable il venait. Il m'a dit : *Amour et Lombarde*, qui étaient les mots d'ordre : c'était ma consigne pour ouvrir la porte; et malgré mes soupçons, il a bien fallu le laisser sortir.

L'OLIVE.

Réparation à l'Olive, monsieur le baron; réparation à l'Olive.

LE BARON.

Allons, je te pardonne.

L'OLIVE.

Bien obligé.

LE BARON.

Il y a quelque diablerie là-dessous.

L'OLIVE.

Moi, je devine la chose. Il se sera glissé dans la maison pendant que nous ne cherchions point encore à en défendre l'entrée. Il ne lui aura pas été bien difficile d'entendre ce que nous disions, et de bâtir sa fable là-dessus.

LE BARON.

Cela se peut; mais qu'importe! La belle avance pour lui! Tiens, l'Olive, demande à Lisette, malgré son déguisement, je l'ai reconnu du premier coup-d'œil.

LISETTE.

Ah! c'est vrai; et moi qui flaire un amoureux de cent pas, je n'ai point eu le moindre soupçon de la ruse.

LE BARON.

Retournez à vos postes. Plus de mots d'ordre, et qu'on refuse la porte à tout le monde.

L'OLIVE.

Quoi! même au capitaine Rollard?

LE BARON.

Non, parbleu! Est-ce que tu l'as vu?

L'OLIVE.

Et reconnu d'abord à son costume et à sa figure. Il m'aurait suivi ; mais il m'a fait prendre le devans pour l'annoncer. Il attendait qu'on eût débarqué deux malles d'effets précieux des Indes, dont il veut vous faire présens. Il sera ici dans la minute.

LE BARON, à l'Olive.

Reste à la porte. Ne va pas faire de *qui-pro-quo*, en prenant quelqu'autre pour lui.

L'OLIVE.

Du diable, si l'on m'y prend. (*A l'Ingambe.*) Allons, vieux père, allons à nos postes. Sans toi, cependant, sans ton témoignage, mon innocence soupçonnée, après avoir été battue, allait encore se voir indignement mise à la porte.

SCENE XII.

LUCILE, LE BARON, LISETTE : *elle se met à travailler à un ouvrage quelconque.*

LE BARON.

OH ça, mademoiselle, j'espère que nous verrons cette lettre.

LUCILE, *la lui donnant.*

Volontiers, mon oncle : je n'ai nulle envie de vous en faire un mystère. La voilà ; mais elle ne vous apprendra rien que vous ne sachiez déjà. Le marquis m'y détaille la conversation que vous avez eue ensemble, le petit traité que vous avez fait. Il me dit mille choses obligeantes sur ce qu'il appelle ma beauté. Il me parle de son amour d'une manière aussi délicate que galante. Convenez, mon oncle, qu'il a bien de l'esprit, et que sa physionomie ne dément pas l'élégance de son style.

LE BARON.

Si bien que vous en voilà coëffée ?

LUCILE.

Non pas, mon oncle ; mais je ne puis m'empêcher d'être flattée de son empressement, et mari pour mari, je l'aimerais mieux que votre capitaine.

LE BARON.

Que vous épouserez cependant.

LUCILE.

Oui, si le marquis échoue dans son projet.

C 4

LE BARON.

Il y échouera.

LUCILE.

Mais s'il réussit?

LE BARON.

En ce cas... J'aurai fait tout ce qui aura dépendu de moi, et le capitaine n'aura rien à me reprocher.

LUCILE, *gaîment.*

Ah!.... vous me mettez à mon aise.

LE BARON.

Comment?

LUCILE.

Faisons aussi un petit traité, mon oncle.

LE BARON.

Quel traité?

LUCILE.

Que de quelque manière que cela tourne, nous prendrons l'un et l'autre notre parti galamment.

LE BARON.

Pour la singularité du fait, je le veux bien. Vous épouserez le capitaine sans murmurer, si je parviens à déconcerter les projets du marquis.

LUCILE.

Oui, mon oncle; et vous signerez de même de bonne grace mon contrat avec le marquis.

LE BARON.

Oui, ma chère nièce, si avant minuit, sans employer la violence, il trouve le secret de vous conduire chez lui.

LUCILE.

A merveilles. Allons, faisons la guerre en ennemis généreux.

LE BARON.

Vous resterez neutre.

LUCILE.

Je ne puis vous le promettre, je suis de trop bonne-foi pour cela. Je sens que mon cœur incline en secret pour le marquis.

LE BARON.

N'importe. Tenez, ma chère nièce, épargnez-vous une peine inutile, je suis difficile à tromper.

LUCILE.

L'Amour est inventif.

LE BARON.

Je suis averti.

LUCILE.

Et voilà le bon. Où serait le mérite sans cela? Mais ce qui me plait dans tout ceci, c'est que je puis vous tromper sans scrupule ; j'ai votre permission pour cela.

LE BARON.

Et moi, j'ai votre consentement pour vous tenir sous la clé, sans que vous ayez le droit de vous en plaindre.

LUCILE.

M'en plaindre ! pas du tout. Je vais donc jouer le rôle d'une pupille de comédie, que guette, sans relâche, un tuteur quinteux et bizarre. Il me faut prendre, n'est-ce pas, une mine réservée devant vous, les yeux baissés, le regard furtif et l'oreille aux aguets? Allons, mon oncle, tâchez de prendre de votre côté la figure qui vous convient, l'air bourru, inquiet et jaloux.

LE BARON.

Reposez – vous sur moi de mon personnage, soyez tranquille ; mais demain matin.....

LUCILE.

Demain matin ! Oh ! je veux retrouver mon oncle, et l'embrasser de tout mon cœur.

SCÈNE XIII.

LE BARON; LUCILE; L'OLIVE; FRONTIN, *en uniforme de capitaine de vaisseau*; LISETTE.

L'OLIVE.

Voici le capitaine.

LE BARON.

Nouveau renfort.

L'OLIVE.

J'ai voulu vous le présenter moi-même, de peur qu'on ne l'escamotât dans l'escalier, et qu'un autre ne se présentât à sa place.

LE BARON.

C'est bon. Laisse-nous.

SCENE XIV.

LE BARON, LUCILE, FRONTIN, LISETTE.

(Quatre porte-faix, avec deux malles, dont une au milieu du théâtre, et l'autre sur la droite, de manière que l'on puisse bien voir celle du milieu, dans laquelle est le marquis.)

LE BARON.

EH! que je vous embrasse, mon filleul.

FRONTIN.

Bon jour, mon cher parrain : que j'ai de joie à vous voir. (*Aux porte-faix.*) Pourquoi porter cela jusqu'ici ? (*Au baron.*) Pardon, ce sont deux malles de nos bagatelles des Indes, dont je veux faire cadeau à ma future. J'avais dit qu'on les laissât en bas. (*Aux porte-faix.*) Retournez-vous-en, mes amis, vous êtes payés. (*Ils sortent.*) Il semblerait, en vérité, que je voulusse mettre de l'apparat à ses babioles.

LE BARON.

A quoi bon ces présens ! Vous auriez été aussi-bien reçu sans cela.

FRONTIN.

Je n'en doute pas ; mais j'ai toujours entendu dire qu'en France on n'aimait que ce qui venait de loin, et ce sera sans doute tout le mérite de mon cadeau.

LISETTE, *se levant.*

Je suis curieuse de voir ces belles choses des Indes.

FRONTIN, *à part.*

Ah! diable! (*Haut.*) Avec plaisir. Commençons par celle-ci. (*Montrant la malle à droite.*)

LE BARON.

Ah! nous avons bien autre chose à faire qu'à contenter la curiosité de mademoiselle Lisette.

LISETTE.

Donnez, donnez-moi les clés.

FRONTIN, *serrant la main de Lisette.*

LISETTE, *le reconnaissant.*

Ah! ah! —— Par laquelle commencerai-je?

FRONTIN, *montrant la première malle.*

Par celle-ci. Ce sont des étoffes. Ouvrez sans crainte, il n'y a rien de fragile.

LE BARON.

Que vous êtes bon!

(*Lisette ouvre la malle, se tient à genoux devant, et à l'air d'examiner les effets, quoiqu'elle prête attention à la conversation.*)

FRONTIN.

Pourquoi pas, si cela peut la contenter ? (*Saluant Lucile.*) Voici, sans doute, votre charmante nièce? Elle a l'air bien sérieux. Ah! on rêve à la veille d'un mariage, cela donne à penser.

LUCILE.

Oui, sans doute, j'ai sujet de réfléchir.

FRONTIN.

L'hymen avec un marin n'a rien que d'agréable. Il est si rarement avec sa femme, qu'il n'a que le tems de la voir pour l'aimer; et puis, si par hasard il ne plaît pas, les dangers, l'inconstance de l'onde, la laisse toujours dans la douce expectative du veuvage.

LUCILE.

Si je prends un mari, c'est pour être toujours avec lui; je serais fâchée de lui survivre.

FRONTIN.

Eh bien! en ce cas, je suis votre homme. Je m'arrangerai de manière que vous puissiez être de toutes mes courses. Inquiétudes; espoir, peines, dangers, bonheur, tout nous sera commun. Notre vaisseau deviendra l'asyle de l'amour. Nous verrons ensemble les côtes du Malabar et celles de Guinée; par tout je me ferai honneur de présenter ma femme, par - tout elle attirera les regards et les suffrages; nous serons heureux ensemble tous les jours de notre vie; et si par malheur une vague vient jamais à nous engloutir, nous aurons du moins la douceur de nous noyer de compagnie.

LISETTE.

(*A part.*) Le drôle a de l'esprit. (*Haut.*) Comme c'est beau tout cela.

LUCILE.

Monsieur, je n'aime pas les voyages où l'on court de si gros risques.

FRONTIN.

Mon parrain, la future ne me parait pas merveilleusement dis—

posée en ma faveur. Y aurait-il quelqu'amourette en campagne?
J'en serais fâché. Sa vue a fait sur mon cœur une impression trop
profonde, pour que je ne sois pas disposé à faire valoir mes droits,
et à disputer sa main à mon rival, quel qu'il fût.

LE BARON.

Soyez sans inquiétude. C'est une bagatelle qui l'occupe..... une
gageure.... Je vous conterai tout cela à table. C'est une histoire
plaisante, un tour qu'on prétend nous jouer.

FRONTIN.

Un tour à nous? Ils s'adressent joliment.

LE BARON.

Allons, ma nièce, acceptez la main de monsieur.

FRONTIN.

Venez, ma belle dame; je crois, sans peine, que l'espoir de vous
posséder peut rendre capable de tout.　　　(*Ils sortent.*)

SCENE XV.

LISETTE; LE MARQUIS *dans une des malles.*

LISETTE.

C'est Frontin. Délicieux, et moi, qui ne le reconnaissait pas! Il
s'exprime comme un homme de qualité. Cela n'est pas étonnant, un
valet-de-chambre! Mais par quelle aventure joue-t-il ici le rôle de
capitaine? Est-ce de concert avec lui? Est-ce qu'on a gagné l'Olive?

LE MARQUIS, *dans la malle.*

Lisette, Lisette, ouvre-moi.

LISETTE, *regardant.*

Qui m'appelle?

LE MARQUIS.

Moi, moi, qui étouffe.

LISETTE, *éclatant de rire.*

Ah! j'y suis. L'excellent tour! Chut! Que je voie si nous sommes
en sûreté. (*Elle regarde.*) Bon! personne. (*Elle ouvre.*)

LE MARQUIS, *sortant de la malle.*

Eh! je respire. Cache-moi quelque part, je ne puis plus tenir
là-dedans.

LISETTE.

Vous cache-? je ne sais où. Il y a ici peu d'endroits sûrs, vu la
défiance où l'on est. Mais l'Olive est donc du complot?

LE MARQUIS.

Non.

LISETTE.

C'est donc le capitaine?

LE MARQUIS.

Non plus.

LISETTE.

Qui donc?

LE MARQUIS.

La vieille Nanci a tout fait. Elle a été trouver le capitaine sur son bord? elle l'y retient par une fausse confidence. Il croit le baron en campagne, et ne viendra que demain matin. Nous avons trompé l'Olive lui-même.

LISETTE.

Divin! l'affaire prend couleur à présent. Nous voici quatre contre trois dans la maison.

LE MARQUIS.

Nous saisirons le premier moment favorable à nos desseins.

LISETTE.

J'entends monter quelqu'un rapidement. Jetez-vous dans ce ca-binet. Tapissez-vous sous la toilette.

(*Le marquis entre dans un cabinet à sa droite.*)

SCENE XVI.

L'OLIVE, LISETTE.

L'OLIVE, *accourant.*

Lisette! Lisette! grande nouvelle!

LISETTE.

Comment?

L'OLIVE.

Parle bas, il est là.

LISETTE.

Qui, là?

L'OLIVE.

Un des porte-faix m'a tout conté. Frontin fait le capitaine, et le marquis est dans cette malle. Je vais le faire reporter en son hôtel par François, qui va monter à cet effet; et puis, quand l'Ingambe, qu'on a envoyé en commission, sera de retour, nous rendrons au seigneur Frontin les taloches que j'ai reçues.

LISETTE.

On t'a trompé. Je viens d'ouvrir cette malle devant monsieur.
Elle était pleine d'étoffes que j'ai déjà serrées.

L'OLIVE, *allant à la malle.*

Cela ne se peut pas.

LISETTE, *ouvrant la malle.*

Vois, elle est vuide.

L'OLIVE, *étonné.*

Tu étais du complot.

LISETTE.

Imbécille! songe que tu m'es promis. Comment d'ailleurs un
homme tiendrait-il là-dedans.

L'OLIVE.

Il en tiendrait deux.

LISETTE.

Pas seulement la motié d'un.

L'OLIVE, *se mettant dans la malle.*

Entêtée!... regardé si je n'y suis pas à mon aise.

LISETTE.

Oui, tu y tiendras.... et ta tête?...

L'OLIVE.

Ma tête?... Tiens... Regarde...

LISETTE.

Es-tu bien ?... (*Elle ferme vite la malle.*) Bon! je te tiens
à mon tour.

L'OLIVE, *criant dans la malle.*

Finis-donc. Ouvre-moi, ouvre-moi, j'étouffe.

SCÈNE XVII.

LISETTE; FRANÇOIS; L'OLIVE, *dans la malle.*

FRANÇOIS.

Em... em... emporter le marquis en... en... son hôtel ?
(*Lisette fait signe que oui.*)

L'OLIVE, *crie dans la malle.*

François!... François!...

LISETTE.

Crie tant que tu voudras, du diable s'il l'entend.

(*François traine la malle, et Lisette la pousse* [1].)

SCENE XVIII.

LISETTE, LE MARQUIS.

LISETTE *appelle le marquis, qui est dans le cabinet.*

Monsieur le marquis, vous avez entendu, tout est découvert. La porte est libre, sauvez-vous ; retenez l'Olive, vous aurez de mes nouvelles.

LE MARQUIS.

Pourquoi fuir ?

LISETTE.

Il le faut, sauvez-vous. J'ai mon projet en tête. Allez recevoir l'Olive, c'est-là l'essentiel, et gardez qu'il n'échappe.

LE MARQUIS.

Je m'en vais ; mais souviens toi que mon bonheur dépend de toi. Je me fie à ton zèle.

(*Il sort.*)

SCÈNE XIX.

LISETTE seule.

Allons, un coup de maître. L'Olive est parti. Accusons-le. Découvrons la première au baron ce qu'il ne peut tarder d'apprendre. Gagnons sa confiance par ce dernier trait. Le reste ira de suite.

SCÈNE XX.

FRONTIN, LISETTE.

FRONTIN.

Chut, ton maître monte sur mes talons. Point d'air d'intelligence.

[1] Pour faciliter ce jeu de théâtre, on adapte des roulettes à la malle,

LISETTE.

Et toi, décampe. Tout est découvert. Vois, le marquis a disparu.

FRONTIN.

Ah! ciel! Comment?

LISETTE.

Échappe-toi à bon compte, pendant que la porte est libre.

SCENE XXI.

LE BARON, FRONTIN, LISETTE.

(Il va pour échapper, il se trouve nez à nez avec le Baron et se sauve.)

LE BARON.

Où allez-vous donc? Nous allon prendre le café ici.

FRONTIN.

Je suis à vous dans la minute.

(En même tems que Frontin s'échappe, Lisette tombe dans un fauteuil en jouant l'évanouissement.)

SCENE XXII.

LE BARON; LISETTE, *dans le fauteuil.*

LISETTE.

Ah! monsieur!

LE BARON.

Qu'as-tu donc?

LISETTE.

J'ai à peine la force de parler.

LE BARON.

Que signifie cela? L'un me fuit tout troublé, l'autre respire à peine.

LISETTE.

L'Olive... Le marquis... Le capitaine... Je ne sais par où commencer.

LE BARON.

Eh bien! le capitaine !

LISETTE.

Le capitaine est un frippon.

LE BARON.

LE BARON.

Prends garde à ce que tu dis.

LISETTE.

Le capitaine.... c'est Frontin, le valet-de-chambre du marquis....
L'Olive était gagné.

LE BARON.

D'où le sais-tu?

LISETTE.

Le marquis était caché dans une des malles.

LE BARON.

Il en manque une !

LISETTE.

Quand l'Olive a vu que je savais tout, vîte il a fait remporter la
malle par François. Avez-vous vu comme le feint capitaine s'est vîte
évadé. Moi j'étais évanouie, je ne pouvais crier..... Je suis encore
dans un état.....

LE BARON.

Que je t'embrasse. Sans toi je courais risque d'être joué. Ce coquin
de l'Olive !... Ah! je ne me fierai qu'à toi uniquement. Tiens voilà
ma bourse pour prix de ton zèle.

LISETTE.

Vous êtes trop bon, en vérité.

LE BARON.

Je ne saurais trop récompenser un service aussi signalé. Ah!
diable ! l'Ingambe et François sont dehors; courons à ma nièce et
fermons la porte de la rue. Qu'on est heureux cependant d'avoir des
domestiques comme Lisette !   (Il sort.)

SCENE XXIII.

LISETTE seule.

VOILA de l'argent loyalement gagné ! vivent les femmes pour
la présence d'esprit! Mais le tout est de conduire l'affaire à point.
Rien de plus aisé. Nous n'avions que l'Olive à craindre, il est dé-
logé.——Je m'admire! Avec quel plaisir je trompe ce pauvre baron,
qui me paie si bien!... C'est sa faute; pourquoi veut-il être plus fin
que nous? Pourquoi nous mettre dans le cas de ruser? Pourquoi nous
renferme-t-il? Il ne sait donc pas comme c'est bon le fruit défendu?
Ah ! je te reconnais bien là, irrésistible ascendant de l'esprit féminin!

FIN DU SECOND ACTE.

P

ACTE III.

Le théâtre représente un jardin, une porte grillée dans le fond, et deux pavillons sur les côtés à la seconde coulisse.

SCÈNE PREMIERE.

FRONTIN, *descendant par les treillages appliqués au mur, du côté de la Reine.*

ON n'y voit goûte. Il est essentiel d'aller le plus doucement possible, de peur d'événement fâcheux. Ah! m'y voilà enfin. (*Il avance.*) St, st, st, Lisette? C'est juste l'heure du rendez-vous; Lisette par son billet m'assure qu'elle ne se fera pas attendre. Hem! hem! Je ne vois personne. Qu'elle n'aille pas me faire croquer le marmot! Nous n'avons pas de tems de reste. Le terme approche où nous perdrions tout le fruit de nos ruses, et où il ne nous serait plus permis d'en employer de nouvelles. Lisette! hem? Crier assez fort pour être entendu d'elle, et n'être pas entendu des autres, c'est assez difficile au moins; il vaut mieux attendre sans faire de bruit. Il est pourtant onze heures sonnées à toutes les horloges, et à minuit tout sera dit. Voyons, point de *qui-pro-quo.* C'est par le pavillon à droite qu'elle doit venir. L'oncle couche dans le pavillon à gauche. — J'entends marcher : je vois de la lumière. (*Il va au pavillon à droite et regarde par la serrure.*) Ce n'est point elle? Eh! non de par tout les diables. Ils sont plusieurs. Cachons-nous derrière ces charmilles. (*Il se cache derrière les charmilles à sa gauche* [1].)

---

[1] Les charmilles sont plantées le long des murs de côté; mais à trois pieds de distance des murs. Elles ont cinq pieds de hauteur. Elles ne doivent point dépasser les fenêtres basses des pavillons, et règnent presque jusqu'au fond du jardin.

SCÈNE II.

LISETTE ; LE BARON ; L'INGAMBE, *un bougeoir à la main* ; FRONTIN, *caché.*

LISETTE.

IL n'est qu'onze heures..... Restez encore, monsieur le baron.

LE BARON.

Va, va, je ne crains rien, je puis dormir tranquille ; je me retire dans mon pavillon.

LISETTE.

Que sait-on ? les amoureux sont si malins.

LE BARON.

Que veux-tu que je craigne ? Ma nièce est couchée, j'en suis bien sûr. J'ai eu la précaution d'emporter tous ses habits. Pas de cheminée à sa chambre, les fenêtres sont grillées, la porte est fermée à double tour, j'en ai la clé sur moi. De plus, le capitaine.....

LISETTE.

Et c'est le véritable, celui-là ! vous l'avez été chercher vous-même,

LE BARON.

Oh ! j'en réponds. —— De plus, le capitaine qui est prévenu, couche dans la chambre voisine ; au moindre bruit, il serait sur pied, et puis son valet, garçon alerte, veille dans l'anti-chambre avec François, voilà dix fois plus de précaution qu'il n'en faut. Quand ce serait pour garder un prisonnier d'État, on n'en prendrait pas davantage. Le marquis rirait trop de ma peur, s'il savait qu'après tant de soins, je n'ai pas osé me coucher. Je suis seulement fâché d'avoir resté si tard. Depuis vingt-cinq ans, j'ai l'habitude de me coucher à neuf heures précises, j'en serai peut-être incommodé. Au fond, cependant, je suis enchanté de cette aventure ; elle m'a fait connaître ceux de mes gens en qui je devais avoir de la confiance.

LISETTE.

C'est vrai.

LE BARON.

Adieu Lisette.

LISETTE.

Vous voulez donc vous retirer absolument. Eh bien, je veillerai

D 2

pour vous. Je m'amuserai à pincer de ma guitarre, et si vous ne dormez pas, vous verrez que je ne dors pas non plus quand il s'agit de vous prouver mon zèle.

LE BARON.

Je n'en doute plus.

LISETTE.

Monsieur, voici la clé de notre pavillon ; fermez, fermez, je vous en prie, la porte à double tour.

LE BARON.

Pourquoi cela ? Ce serait t'offenser que d'avoir des soupçons.

LISETTE.

Je l'exige. (*Le baron prend la clé, va au pavillon.*) Bonne nuit, monsieur le baron. (*Elle entre ; le baron ferme la porte.*)

LE BARON.

Bonne nuit, mon enfant, bonne nuit.

SCENE III.

LE BARON ; L'INGAMBE ; FRONTIN, *caché*.

LE BARON.

OH ! je brûle d'être à demain matin pour aller faire mon compliment de condoléance à ce pauvre marquis. Voilà nos jeunes étourdis, qui s'imaginent que rien ne leur résiste. Je voudrais, pour la rareté du fait, qu'il trouvât quelqu'expédient capable de le conduire à ses fins ; mais cela ne se peut pas, cela ne se peut pas.

L'INGAMBE, *bâillant.*

Cela ne se peut pas ; allons nous coucher. (*Ils entrent dans le pavillon du côté du roi.*

SCENE IV.

FRONTIN *seul.*

QU'AI-JE entendu ! Ah ! la traîtresse ! la scélérate de Lisette ! C'est pour être témoin de son indignité qu'elle m'a fait venir ici. Fiez-vous à une femme après cela ! Elle n'a reculé jusqu'au dernier moment, que pour enchaîner mon génie, et nous ôter tous les moyens de nous retourner. Et moi qui croyais qu'elle m'aimait! Ah! si je ne craignais pas d'être entendu par le baron et son fidèle invalide, qui me houspilleraient d'importance, comme je lui chanterais sa gamme, à cette traitresse, à cette perfide! J'étouffe de colère; et si je pouvais l'injurier à mon aise, je sens que je serais soulagé d'un grand fardeau. Que ne peut-elle m'entendre! (*Il s'approche de la porte du pavillon où Lisette est entrée, et parle par la serrure*) Va, monstre; va crocodile, serpent, lézard; va tout ce qu'il y a de plus noir et de plus méchant dans le monde; va, je te méprise, je t'abhorre, je te déteste. (*Pendant qu'il finit son monologue, on voit Lisette sortir par une croisée basse, en dérengeant un gros barreau de fer.*)

SCÈNE V.

FRONTIN, LISETTE.

LISETTE, *lui frappant sur l'épaule.*

COURRAGE, mons Frontin : est-ce à moi que tout ceci s'adresse?

FRONTIN.

Ahi ! Que vois-je?

LISETTE, *l'amenant sur le devant de la scène.*

Si j'avais du tems à perdre, je te rendrais sottise pour sottise; mais tu n'y perdras rien.

FRONTIN.

Es-tu sorcière?

LISETTE.

Mieux que ça. Je suis femme.

FRONTIN.

D'où sors-tu?

LISETTE.

De ce pavillon.

FRONTIN.

Ce n'est pas par la porte, toujours.

LISETTE.

Le beau miracle! sortir par une porte! Il n'y a si mince génie qui n'en fit autant.

FRONTIN.

Par où donc?

D 3

LISETTE.

Par la croisée de ce pavillon, dont j'ai eue l'adresse et le bonheur de déplomber un large barreau de fer, trop solidement attaché en apparence, pour qu'on ait le moindre doute de mon espièglerie.

FRONTIN.

Je ne m'étonne plus si tu pressais tant le baron de prendre la clé.

LISETTE.

C'était-là le coup de maître.

FRONTIN.

As-tu aussi déplombé les barreaux de la croisée de la chambre de ta maîtresse?

LISETTE.

Oh! non, ils tiennent trop bien.

FRONTIN.

Nous voici bien avancés. Comment la tirer de là?

LISETTE.

C'est déjà fait.

FRONTIN.

Tout de bon? Oh! que je t'embrasse.

LISETTE.

Tout beau. J'ai vos injures sur le cœur.

FRONTIN.

Allons, j'ai tort; je m'humilie, pardonne.

LISETTE.

Nous verrons.

FRONTIN.

Comment as-tu fait pour tromper ton maître?

LISETTE.

Tout part de là. Il était chez sa nièce, qu'il pressait de se coucher, comptant n'avoir plus rien à craindre. A mesure qu'elle quittait une pièce de son ajustement, mon homme, par mon avis, s'en emparait. Elle passe derrière son rideau, je coëffe son traversin, il avance sa tête pour lui dire bon soir, il baise ma main pour la sienne, et dans ce tems-là elle enfile la porte, grimpe à ma chambre, j'emporte le flambeau, je passe devant lui; content il m'accompagne, place ses sentinelles, va joindre le capitaine, le loge dans la chambre voisine de celle de Lucile, s'applaudit de sa sagacité, et me remercie, en riant, de mon adresse à le servir.

FRONTIN.

Oh! je ne suis plus surpris s'il est allé se coucher si tranquille.

LISETTE.

Pour réussir et n'être pas suspecte, il faut tuer les soupçons. J'ai eue pitié de lui encore. Il ne tenait qu'à moi de le faire veiller jusqu'à minuit, et de le poster en sentinelle dans un lieu d'où il n'aurait pu nuire; mais avec quelle adresse, en faisant semblant de courre sus à Nanci, qui passait devant notre porte, ne lui ai-je pas glissé le billet du rendez-vous?

FRONTIN.

C'est vrai. Que de ruse! Je me prosterne devant ton génie. Franchement il m'épouvante, et je crains pour le tems où tu seras ma femme.

LISETTE.

Sois toujours aimable, jamais jaloux, et tu n'auras rien à redouter.

FRONTIN.

Tout de bon! vrai?

LISETTE.

C'est là tout le secret; mais ces chiens de maris n'en veulent pas faire usage. Aussi......

FRONTIN.

Comment on les trompe!

LISETTE.

C'est le mot. Mais c'est leur faute. Nous perdons un tems précieux; ma maîtresse m'attend: je vais lui faire endosser un des habits de son frère; et au moment indiqué, elle descendra, à pas de loup, par l'escalier dérobé.

FRONTIN.

(L'Olive paraît sur le mur.)

C'est bon. Il faudrait un signal

LISETTE.

Imbécille! crois-tu que je l'aie oublié?

SCENE VI.

FRONTIN, LISETTE, L'OLIVE sur le mur.

L'OLIVE.

IL y a du monde. Doucement. (Il descend sans faire du bruit, et reste derrière la charmille.)

LISETTE.

Hain! que dis-tu?

FRONTIN.

Que tu es une femme unique.

LISETTE.

Pendant que mademoiselle se préparera, va dire à ton maître d'être prêt dans un quart-d'heure.

L'OLIVE.

Ah ! ah !

LISETTE.

Qu'il vienne seul au bas des murs du jardin. Il frappera dans sa main, j'entendrai son signal ; et quand je verrai le moment favorable, je pincerai sur ma guitare l'air : *Tandis que tout someille* ; qu'il saisisse l'instant pour sauter dans le jardin.

L'OLIVE, *toujours caché.*

Bon !

LISETTE, *vivement.*

Bon! Excellent ! sur-tout qu'il ne précède pas le signal , et qu'il ne prenne pas un air pour l'autre. Il se pourrait que le Baron m'entendît pincer de la guitarre , qu'il se mit à sa fenêtre , quoique je le présume bien endormi ; mais c'est qu'il faut tout prévoir ; alors j'attendrais qu'il se fût retiré. Allons, va-t'en , tu es au fait.

FRONTIN.

De reste.

LISETTE.

(*L'Olive se coule derrière la charmille qui est de l'autre côté.*)

Dans un quart-d'heure, ni plus tôt, ni plus tard.

FRONTIN.

Hé, oui. (*Il s'en va.*)

LISETTE, *le rappelant.*

A propos, l'Olive?

FRONTIN.

Toujours prisonnier.

LISETTE.

L'a-t'on un peu étrillé?

FRONTIN.

Oh ! oui, je t'en réponds. Il était en bonnes mains.

LISETTE.

Tant mieux ! il le mérite, c'est un sot.

FRONTIN.

Qui l'aurait été bien davantage, s'il l'eût épousée.

LISETTE.

Il a un visage à ça.

FRONTIN.

Sans doute Mais moi?.....

LISETTE.

Quelle différence !

FRONTIN, *l'embrassant.*

Ah ! friponne ! Que n'est-il témoin de ce beau moment !

LISETTE, *le repoussant.*

Hé ! vas donc. Je te laisse et je monte à ma chambre. Toi, décampe. Prestesse, exactitude et silence, voilà ce qu'il nous faut.

(*Elle entre par la croisée. Frontin a soin de se mettre en face, mais à quelques pas de la croisée par laquelle elle entre, ce qui empêche l'Olive de la voir, et lui fait croire qu'elle est entrée par la porte.*)

SCENE VII.

FRONTIN.

JE me sauve. (*En grimpant.*) Diable ! point de faux pas ici. La peste ! si j'allais me casser le cou, cela dérangerait tous nos projets, et l'on pourrait appeler cela, *faire naufrage au port.*

SCENE VIII.

L'OLIVE, *sortant de derrière les charmilles.*

FAIRE naufrage au port ! Eh ! oui, tu feras naufrage au port, et toi, et ta Lisette vous serez payés de vos fourberies. Les misérables ! comme ils traitent un galant homme ! à les entendre je ne suis qu'un sot. Allez, canaille insolente ; allez, ce sot-là vous apprendra qu'il en sait autant que vous, et que si vous avez profité d'un hasard pour le jouer, il en profitera à son tour pour vous le rendre avec usure. Avertissons le baron sans tarder. Comme il va être charmé de me revoir! Comme il doit être inquiet de son fidèle l'Olive! (*Il sonne au pavillon du baron.*) Monsieur le baron! monsieur le baron! Dormirait-il déjà? (*Il regarde à la fenêtre.*) Il n'est pas couché, je vois de la lumière dans sa chambre. Sonnons encore. Je ne risque rien. Lisette ne peut m'entendre, sa chambre est trop éloignée d'ici; et quand elle m'entendrait, son complot n'en avorterait pas moins. (*Il sonne plus fort.*)

SCENE IX.

L'OLIVE, L'INGAMBE, *en dedans.*

L'INGAMBE.

Qui est-là?

L'OLIVE.

C'est moi.

L'INGAMBE.

Qui, toi?

L'OLIVE.

Oui, moi.

L'INGAMBE.

L'Olive?

L'OLIVE.

Lui-même.

L'INGAMBE.

Va te promener, nous n'avons pas besoin ici d'un drôle de ton espèce.

L'OLIVE.

La jolie réception! Oh! le diable s'en mêle. Non, jamais on n'accueillit si mal l'innocence. (*Retournant à la porte.*) Père l'Ingambe! Papa l'Ingambe! par charité.

SCENE X.

L'OLIVE; L'INGAMBE, *sortant en bonnet de nuit et en gilet.*

L'INGAMBE.

Que veux-tu?

L'OLIVE.

Je te prie, je te supplie de dire à monsieur le baron que j'ai un secret de la plus grande importance à lui communiquer.

L'INGAMBE.

Je vais l'avertir, mais compte que tu n'en seras pas meilleur marchaud. (*Il lui ferme la porte au nez.*)

SCENE XI.

L'OLIVE *seul.*

COMME il me traite! Voyez un peu le beau plaisir d'être fidèle! J'ai été battu aujourd'hui par tout le monde. Amis et ennemis, tout me tombe sur le corps. Mais il faut me réconcilier avec mon maître, et l'important service que je vais lui rendre, me vaudra sans doute un ample dédommagement des maux que j'ai souffert pour lui.

SCENE XII.

L'OLIVE, LE BARON, L'INGAMBE.

LE BARON, *en robe de chambre.*

AH! ah! vous voilà, monsieur le maraud, croyez - vous m'en imposer par quelque conte inventé à plaisir?

L'OLIVE, *à genoux.*

Monsieur le baron, je vous demande, à deux genoux, pardon de l'erreur où vous êtes.

LE BARON.

Misérable! coquin! frippon! scélérat!

L'OLIVE.

Injuriez-moi sans bruit, battez-moi de même, si vous vous en sentez le courage; mais quand vo're premier feu sera passé, permettez-moi de vous rendre un service signalé.

LE BARON.

Quel service?

L'OLIVE.

Dans un quart-d'heure on vous enlève votre nièce.

LUCILE.

A d'autres.

L'OLIVE

J'ai entendu le complot. Lisette mène l'intrigue.

LE BARON.

Bien imaginé! Tu oses l'accuser, elle, Lisette?

L'OLIVE.

Oh! c'est une jolie fille! Apprenez que c'est elle qui m'a fait emporter chez le marquis.

LE BARON.

Toi! menteur effronté!

L'OLIVE, *avec le débit le plus vif.*

Elle-même. Si vous saviez avec quelle adresse, après avoir fait évader notre galant, elle ma fait prendre sa place dans la maudite malle. J'avais beau crier, elle riait de mes cris, et de voir, sur-tout, que ce sourd de François ne pouvait les entendre. Je me démenais comme un diable, on ne m'en a pas moins changé de domicile. J'arrive, on ouvre la malle, quatre grands coquins de laquais s'emparent de ma personne en éclatant de rire, ils me houspillent, me raillent et me bernent. Le marquis m'ôte de leurs mains, m'enferme dans un cabinet grillé, j'y reste jusqu'à présent sans boire ni manger; je m'échappe à la fin en brisant la serrure, je me sauve à travers un jardin, le jardinier et son garçon me prennent pour un voleur, ils m'escortent à coups de gaule, je franchis un mur, je tombe dans un fossé, je me relève, j'entends qu'on me poursuit, la peur me donne des ailes et j'arrive sur les bancs de l'hôtel, encore tout ébahi de ma triste aventure.

LE BARON.

Après, après?

L'OLIVE.

Est-ce qu'il n'y en a pas assez, à votre avis? Je veux entrer chez nous, bernique, visage de bois à la grande porte. Je fais le tour, qu'apperçois-je? Une échelle dressée contre les murs du jardin.

LE BARON.

Une échelle?

L'OLIVE.

Oui, monsieur, une échelle. Est-ce que je serais entré sans cela? J'y monte doucement, je descends de même; j'entends parler, j'écoute, je reconnais la voix de Lisette.

LE BARON.

De Lisette! Imposteur! Moi qui l'ai enfermée à clé dans le pavillon.

L'OLIVE.

Cela ne l'a pas empêché d'en sortir.

LE BARON.

Cela ne se peut pas.

L'OLIVE.

Ah ! quel entêtement ! Je vous dis que je l'ai reconnu, ainsi que Frontin, celui qui faisait le capitaine. Dans quelques instans, le marquis doit se trouver dans la rue. Il donnera le signal en frappant dans sa main. Lisette doit répondre, en pinçant sur sa gitarre *l'air Tandis que tout someille.* Votre nièce descendra de sa chambre, trouvera le marquis dans le jardin ; ils escaladeront le mur, et bon voyage : ensuite, courez après.

LE BARON.

Diable ! ceci mérite attention. Lisette me tromperait ? Elle se sera donc procurée de fausses clés ?

L'OLIVE.

Si vous ne voulez pas m'en croire, rentrez dans votre appartement, et demain matin vous ferez vos réflexions sur l'avis que je vous donne.

LE BARON.

François et le valet du capitaine sont donc gagnés ? Je m'y perds.

L'OLIVE.

L'instant aproche. Quel parti prenez-vous ?

LE BARON.

Je veux les surprendre. L'Ingambe ?

L'INGAMBE.

Mon capitaine.

LE BARON.

Prends ta carabine.

L'INGAMBE.

Oui, mon capitaine. (*Il va la chercher.*)

LE BARON.

Cachez-vous derrière ce berceau de charmille, et dès que le marquis se montrera dans le jardin, vous le saisirez et le remènerez à son hôtel.

L'OLIVE.

Il ne l'échapera pas cette fois ; j'en réponds.

LE BARON.

Sans lui faire du mal, pourtant ; ce sont nos conventions.

L'INGAMBE.

A quoi bon ma carabine ?

LE BARON.

Pour lui faire peur.

L'INGAMBE.

S'il veut résister?

LE BARON.

Alors, je me montrerai; et il ne résistera pas. Moi, je vais me tenir tout près de la porte du pavillon, pour saisir ma nièce au passage. Tenez, voici la clé du jardin, je veux qu'il sorte plus commodément qu'il ne sera entré.

SCÈNE XIII.

LISETTE *ouvre la fenêtre d'en-haut*; LE BARON, L'OLIVE, L'INGAMBE.

LISETTE.

LE moment approche, et elle n'est pas encore habillée.

LE BARON, *bas à l'Olive et à l'Ingambe.*

Chut, chut; c'est elle. Cachez-vous et ne faites pas le moindre bruit. (*Ils se cachent derrière la charmille du côté du Roi.*

LISETTE.

J'entends marcher. Est-ce vous?

LE BARON.

Oui, c'est moi.

LISETTE, *à part.*

C'est le Baron. Quel contretems !

LE BARON, *à part.*

Faisons la descendre; et quand je la tiendrai.... (*Haut.*) Lisette, descends, j'ai à te remettre quelque chose, et je me retire tout de suite.

LISETTE.

Débarrassons-nous en vite. —— Ouvrez, je suis à vous. (*Le Baron ouvre la porte.*

SCÈNE XIV.

LE BARON, L'OLIVE, ET L'INGAMBE *cachés.*

LE BARON, *à part.*

PESTE ! m'ayant reconnu, elle se serait bien gardée de donner le signal. Ce n'est pas assez de faire échouer leur projet, je veux

encore avoir la satisfaction de les railler à mon aise, en les prenant
sur le fait. (*Il va à la porte par laquelle Lisette sort.*)

SCENE XV.

LISETTE, LE BARON, L'OLIVE
et L'INGAMBE *cachés.*

LISETTE, *sa guitarre à la main.*

Que me voulez-vous?

LE BARON *la fait asseoir sur une des chaises du jardin, qui
sont devant la porte du pavillon. Il s'assied aussi.*

Asseyons-nous et jasons un moment.

LISETTE, *à part.*

Le moment est bien choisi.

LE BARON.

Que dis-tu?

LISETTE.

Je vous écoute; mais si vous n'avez rien d'intéressant à me dire,
permettez, monsieur, que j'aille me coucher, je suis si fatiguée.....
Je meurs d'envie de dormir.

LE BARON.

Tu m'as promis de veiller jusqu'à minuit.

LISETTE.

C'est vrai; mais je crains le serein.

LE BARON.

Tu t'es cependant promenée dans le jardin, après que tu m'as eu
dit adieu.

LISETTE, *à part.*

Il m'a vue, tout est perdu.

LE BARON.

Eh bien?

LISETTE.

Quelle idée!

LE BARON.

Je t'ai vû. Tu causais même avec quelqu'un qui t'intéresse.

LISETTE, *à part.*

Il nous a écoutés. (*Haut.*) Comment cela se pourrait-il? J'étais
enfermée.

LE BARON.

Et les fausses clés? on s'en procure. Je t'ai entendu ouvrir et fermer la porte.

LISETTE, *vivement et à part.*

Il ne sait rien.

LE BARON.

Je suis au fait. Remets-les moi de bonne grace.

LISETTE.

Je n'en ai point. Voyez mes poches.

LE BARON, *à part.*

C'est ma nièce qui les a, ne désemparons point la porte.

LISETTE, *bas.*

Il ne s'en ira pas. Que faire!

LE BARON, *indifféremment.*

Je me serai trompé peut-être?

LISETTE.

Certainement.

LE BARON.

Qu'as-tu à la main?

LISETTE.

Ma guitarre.

LE BARON.

Pince m'en un petit air.

LISETTE.

Elle n'est point d'accord.

LE BARON.

Si.... si.... Je t'en prie.... un air, et je vais me coucher.

LISETTE.

Quel air?

LE BARON.

Le premier qui te viendra en tête.

LISETTE.

Allons. (*Elle pince un air quelconque. A peine est-il fini qu'on entend le signal.*

LE BARON.

Il y a dans la rue un amateur qui t'applaudit.

LISETTE, *à part.*

C'est le signal.

LE BARON.

Il faut être honnête. Dès qu'on a du plaisir à t'entendre, pinces-en un second. —— *Tandis que tout sommeille,* par exemple.

LISETTE, *à part.*

Il sait tout. Nous voilà pris. (*Haut.*) Monsieur....

LE BARON.

Allons donc. Faut-il se faire prier, quand on a du talent?

LISETTE.

Vous êtes instruit, je le vois.

LE BARON.

Ah, ah!

LISETTE.

J'embrasse vos genoux.

LE BARON.

Point de grace. Pince cet air, ou crains mon courroux. Ne bouge pas, obéis; et s'il t'échappe un seul mot....

LISETTE.

Monsieur....

LE BARON.

Mademoiselle, je vous l'ordonne.

LISETTE.

Allons donc. (*Elle pince l'air: Tandis que tout sommeille.*)

SCÈNE XVI.

LE MARQUIS; LUCILE, *en homme;* LISETTE, LE BARON, L'OLIVE, L'INGAMBE.

(*Pendant l'air, le marquis paraît sur le mur, et Lucile a une jambe hors de la fenêtre par où Lisette a déjà passée. A la fin de la première reprise de l'air, le marquis saute dans le jardin, et tombe sur ses mains derrière la charmille. En même tems Lucile sort par la fenêtre, et va droit à la grille du fond; l'Olive et l'Ingambe, trompés par l'habit, la prennent pour le marquis, et la saisissent au milieu du théâtre. Lisette reste pétrifiée sur sa chaise. Lucile a l'air de se débattre, et garde un profond silence, en affectant de cacher sa figure.*)

L'OLIVE *appercevant le marquis au haut du mur, se coule tout doucement le long de la charmille qui est du côté de la reine.*

JE le tiens. Ah! ah! vous voilà pris à votre tour, monsieur le marquis.

E.

LISETTE.

L'Olive! c'est lui qui a tout découvert.

LE MARQUIS, *sur ses genoux derrière la charmille.*

Qu'entends-je!

L'INGAMBE, *couchant Lucile en joue.*

Ne bougez pas, ou gare.

LE MARQUIS.

Chut! ne faisons pas de bruit.

LE BARON, *très-gai.*

Bon soir, monsieur le marquis. Une autre fois vous serez plus heureux. Point de violence, et l'on ne vous en fera aucune. Allez, mes enfans, reconduisez-le à son hôtel, faites sentinelle à sa porte, et dès que minuit aura sonné, revenez l'un et l'autre. (*On emmène Lucile.*) Tirez la porte sur vous. Bonne nuit, mon voisin, bonne nuit.

SCÈNE XVII.

LISETTE, *assise;* **LE BARON, LE MARQUIS,** *derrière la charmille.*

LE BARON, *au comble de la joie.*

IL se laisse emmener sans dire une parole. Un renard pris au trébuchet ne serait pas plus honteux. (*A Lisette.*) Et toi, perfide, que réponds-tu?

LISETTE.

Que voulez-vous que je réponde? Je vous trompais, je faisais mon métier; mais le diable a déchaîné l'Olive pour nous nuire et renverser tous nos projets.

LE BARON.

Allons, je monte chez ma nièce pour la complimenter. Que je vais la surprendre agréablement en lui annonçant la belle issue de son entreprise! Elle sait nos conventions; ainsi, qu'elle n'aille pas prendre de l'humeur, cela ne remerdierait à rien; j'aurais pris mon parti galamment, qu'elle en fasse de même. Adieu, Lisette, tu mériterais que je te misse à la porte, à l'heure qu'il est, mais tu peux remonter à ta chambre quand tu voudras. J'aime trop les gens d'esprit pour t'exposer à coucher à la belle étoile. (*Il entre dans le pavillon à droite.*)

SCENE XVIII.

LISETTE, LE MARQUIS.

LISETTE.

IL me plaisante, il a raison ; il a assez beau jeu pour cela. —— Je m'avise, pendant qu'il monte , si mademoiselle sortait par notre fausse issue.— Excellente idée! (*Elle va à la fenêtre du pavillon.*) Mademoiselle! mademoiselle !

LE MARQUIS, *d'un peu loin.*

Lisette!

LISETTE.

Est-ce vous, mademoiselle?

LE MARQUIS, *approchant.*

Eh! non. C'est moi.

LISETTE.

Vous! Et qui ont-ils donc emmené?

LE MARQUIS.

Ta maîtresse.

LISETTE, *avec l'expression de la plus grande joie.*

Elle? Ah! j'en mourrai de joie.——Elle! (*Elle court à la porte du pavillon.*) Monsieur le baron ! monsieur le baron !

LE MARQUIS.

Tais-toi donc, tais-toi donc. Laisse-moi m'échapper.

LISETTE, *le retenant.*

Non pas, non pas. Il m'a raillée, il faut que je le raille à mon tour. (*Même jeu.*) Monsieur le baron! Monsieur le baron ! Eh ! venez donc rire avec nous.

LE MARQUIS.

Tous les hommes sont beaux joueurs quand ils gagnent; mais quand ils perdent, c'est différent. Le baron aura de l'humeur.

LISETTE.

Il n'oserait. Oh! vous ne connaissez pas le personnage. Monsieur le baron ! monsieur le baron !

SCÈNE XIX.

FRANÇOIS; un domestique du capitaine, *tous deux avec des bougeoirs*; LE BARON, LISETTE; LE MARQUIS, *se tenant caché derrière Lisette*.

LE BARON.

O ciel! elle n'était pas dans son lit!

LISETTE.

Eh! non. Elle n'y a pas même été.

FRANÇOIS.

E... e... elle n'est... est... est pas sortie. Je...e...e...vous... ous dis.

LE BARON, *avançant à Lisette, qui laisse voir le marquis.*
Que vois-je?

LISETTE.

Le marquis.

LE BARON.

Et ma nièce?

LISETTE, *avec la plus grande chaleur.*

Est chez lui. C'est l'Olive et l'Ingambe qui l'y ont conduite par votre ordre.

LE BARON.

Est-il possible?

SCENE XX.

LES PRÉCÉDENS; L'OLIVE, L'INGAMBE.

L'OLIVE, *accourant.*

Nous l'avons remis chez lui. Minuit a sonné, nous revenons, comme vous nous l'avez ordonné. (*Appercevant le marquis, il recule.*) O ciel! ai-je la berlue? Est-ce qu'ils sont deux. (*L'Ingambe témoigne le même étonnement.*)

LISETTE.

Non. Mais monsieur l'Olive est un sot bien décidément.

LE BARON.

Ce n'est point elle qu'ils ont emmenée.

SCÈNE XXI ET DERNIÈRE.

LES PRÉCÉDENS; LUCILE, FRONTIN, *des domestiques avec des flambeaux.*

LUCILE, *entrant sur le dernier mot et gaîment.*

PARDONNEZ-MOI, mon cher oncle. Eh bien! avez-vous perdu?

LE BARON.

Je suis stupéfait.

LISETTE.

Monsieur le baron, remerciez l'Olive; c'est lui qui vous procure ce beau succès.

L'OLIVE.

Est-ce ma faute? Soupçonnais-je son travestissement?

LISETTE.

Quand on écoute une conversation, il faut l'écouter toute entière; autrement l'on s'expose à faire des sottises.

LE BARON.

Je n'en reviens pas. Mais, par quelle ruse?

FRONTIN.

On vous le contera. (*A Lisette.*) Touche-là, mon enfant, tu m'appartiens par droit de conquête.

FRANÇOIS.

É... é... éveillera-t-on le ca...a...a...apitaine?

LE BARON.

A l'autre!

LISETTE.

Allons gai, monsieur le baron. Un galant homme prend son parti de bonne grace.

LUCILE.

Mon oncle, quoique j'aie gagné, vous êtes toujours le maître.

LE BARON.

Oh! j'ai perdu. Soit adresse, soit hasard, j'ai perdu. (*Gaîment.*) Tant pis pour le capitaine. Allons, mon neveu, elle est à vous.

LE MARQUIS.

Ah! vous me rendez le plus heureux des hommes!

LUCILE.

Que je vous aime, mon cher oncle! Ah! ça, convenez, enfin, que vouloir garder une femme, malgré elle, c'est la chose impossible.

FIN.

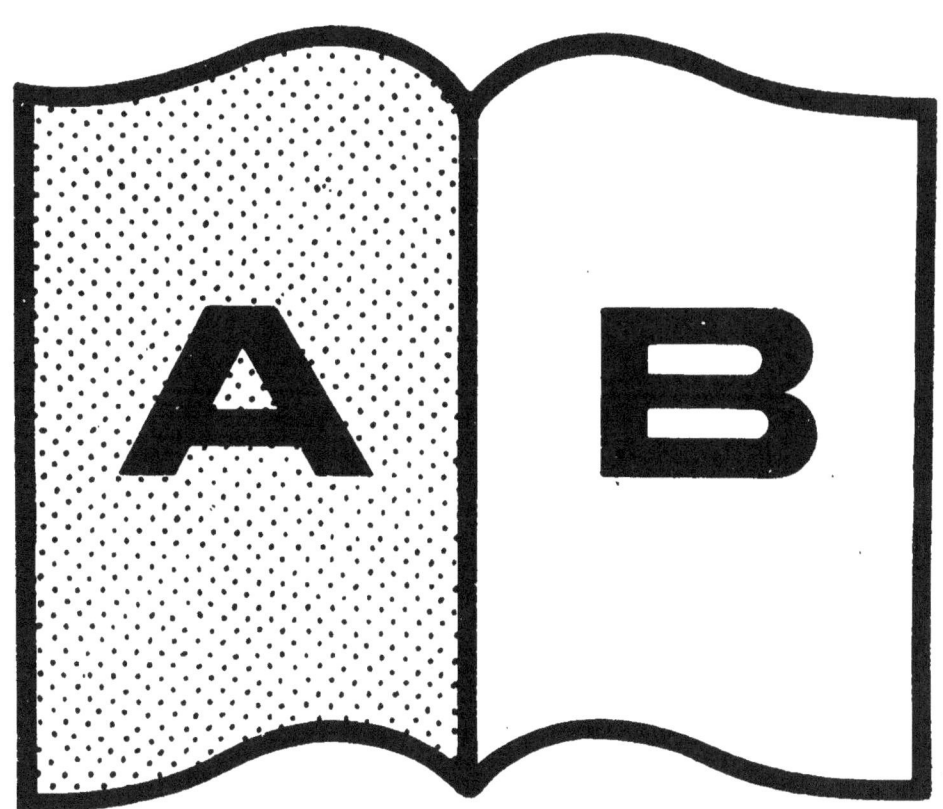

Contraste insuffisant

NF Z 43-120-14